共和国故事

当机立断

——新中国经济战线的第二大战役

郑明武 编写

吉林出版集团股份有限公司

图书在版编目（CIP）数据

当机立断：新中国经济战线的第二大战役/郑明武编. ——长春：吉林出版集团股份有限公司，2009.12

（共和国故事）

ISBN 978-7-5463-1727-4

Ⅰ．①当… Ⅱ．①郑… Ⅲ．①纪实文学－中国－当代 Ⅳ．①I25

中国版本图书馆 CIP 数据核字（2009）第 237339 号

当机立断——新中国经济战线的第二大战役

DANGJI LIDUAN　　XIN ZHONGGUO JINGJI ZHANXIAN DE DI ER DA ZHANYI

编写　郑明武	
责任编辑　祖航　李娇　关锡汉	
出版发行　吉林出版集团股份有限公司	
印刷　三河市嵩川印刷有限公司	
版次　2010 年 1 月第 1 版	2022 年 1 月第 9 次印刷
开本　710mm×1000mm　1/16	印张　8　字数　69 千
书号　ISBN 978-7-5463-1727-4	定价　29.80 元

社址　吉林省长春市福祉大路 5788 号

电话　0431-81629968

电子邮箱　tuzi8818@126.com

版权所有　翻印必究

如有印装质量问题，请寄本社退换

前　言

自 1949 年 10 月 1 日中华人民共和国成立至今,新中国已走过了 60 年的风雨历程。历史是一面镜子,我们可以从多视角、多侧面对其进行解读。然而有一点是可以肯定的,那就是,半个多世纪以来,在中国共产党的领导下,中国的政治、经济、军事、外交、文化、教育、科技、社会、民生等领域,都发生了深刻的变化,中国人民站起来了,中华民族已屹立于世界民族之林。

60 年是短暂的,但这 60 年带给中国的却是极不平凡的。60 年的神州大地经历了沧桑巨变。从开国大典到 60 年国庆盛典,从经济战线上的三大战役到经济总量居世界第三位,从对农业、手工业、资本主义工商业的三大改造到社会主义市场经济体制的基本确立,从宜将剩勇追穷寇到建立了强大的国防军,从废除一切不平等条约到独立自主的和平外交政策,从"双百"方针到体制改革后的文化事业欣欣向荣,从扫除文盲到实施科教兴国战略建设新型国家,从翻身解放到实现小康社会,凡此种种,中国人民在每个领域无不留下发展的足迹,写就不朽的诗篇。

60 年的时间在历史的长河中可谓沧海一粟。其间究竟发生了些什么,怎样发生的,过程怎样,结果如何,却非人人都清楚知道的。对此,亲身经历者或可鲜活如昨,但对后来者来说

目录

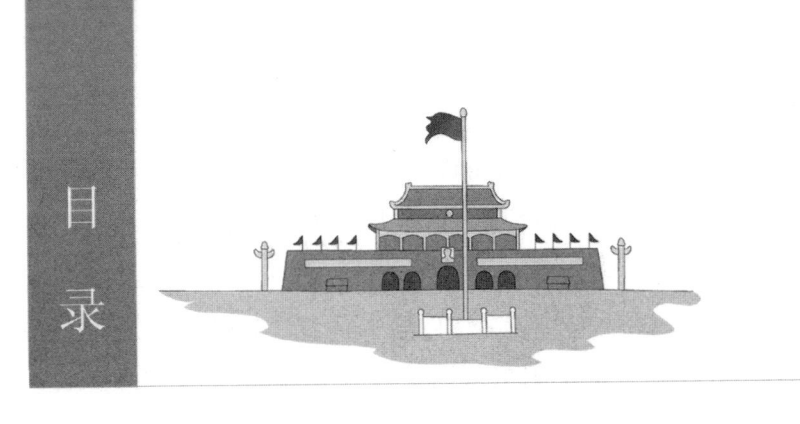

激发农民的劳动热情/080

及时纠正新政策实施过程中的问题/085

各地政府领导对破坏分子的斗争/091

大辩论使统购统销赢得民心/097

农民对粮食政策有了新认识/108

正式结束统购统销政策/114

一、中央决定

- 在会上,村干部不断地动员大家说:"同志们,大家认呀!"

- 陈云坦率地说:"我现在是挑着一担炸药,前面是黑色炸药,后面是黄色炸药。两个中间要选一个,都是危险家伙。"

毛泽东要求解决粮食问题

1953年10月1日，国庆之夜，举行了国庆4周年大阅兵后的天安门广场，又恢复了往日的宁静。

此刻，在天安门城楼会见厅里，毛泽东、周恩来、陈云等党和国家领导人，正在这里商讨国事。

在这次商讨国事中，陈云把实行粮食征购和配给的想法，向毛泽东、周恩来等中央领导和盘托出，经过讨论，陈云的想法获得了大家的一致认同。

毛泽东当即拍板定案，并指出：

由陈云负责起草《关于召开全国粮食紧急会议的通知》。由小平同志负责起草决议，迅速召开全国粮食会议，把这一方案付诸实施。

由于情势紧急，不能拖延，从天安门城楼回来后，陈云连夜起草了会议通知，并于10月2日凌晨送到毛泽东处。

毛泽东迅即对陈云起草的通知做修改，并决定于当日19时召开政治局扩大会议讨论。

对此问题中央之所以如此紧迫，是因为当时在全国各地对粮食大抢购之风盛行。

中国是一个人口众多、耕地相对不足的国家。粮食问题是历代政府都面临的一个非常棘手的问题。

新中国成立伊始，粮食产需矛盾、供求矛盾就十分突出。建国初期的几次剧烈的物价波动，都与粮食问题有着密切的关系。

经过土地改革和几年的经济恢复，这一矛盾虽得到了一定程度的缓解，但并未从根本上解决。

1953年大规模的经济建设开始以后，粮食供求矛盾更加突出。

由于当时粮食自由市场的存在，社会上一些粮食投机商利用尖锐的粮食产需矛盾，兴风作浪，抢购粮食，与国营粮食部门争夺市场。

以下是几个抢购粮食的画面：

> 1952年12月18日到22日，5天内，江西省吉安市上市的稻谷全被私商收去。
>
> ……
>
> 1953年，江苏省徐州各县，不法私商赶来抢购。他们勾结当地粮商和粮贩子，深入农村抢购。其中王雨农在邳县、新沂等县的集镇上安排10多家"代理店"，抢购黄豆50多万斤；陈生则用抬高价格的办法，一次就抢购黄豆6万多斤。
>
> ……

1953年，青黄不接的时候，湖北省潜江县腰河乡被私商买去青苗谷13万多斤；浙江省温州专署粮食局在温州蒲江乡36个村调研，有74%的农民卖了青苗或禾花谷。

这种粮食投机市场的存在，严重地干扰国家粮食购销计划的实现，导致粮食产需矛盾更加尖锐。

由于1953年小麦受灾，预计减产35亿公斤，加上广大农民因灾产生有粮惜售思想，预计夏粮征收和收购都将大大减少。

全国粮食形势相当严峻！全国财经会议的粮食组集中讨论了粮食供销形势，得出的结论是，问题很大，办法不多，难以为继。

粮食形势如此严峻，解决粮食问题，在当时已是中国共产党和全国人民面临的极为重大的任务。

1953年，全国粮食形势进一步严峻，毛泽东要求当时充当中国经济领导机关的中央财经委员会（简称中财委），拿出切实可行的办法，解决粮食问题。

在当时，任政务院副总理兼国家财经委员会主任的陈云，因病在外地休养，中财委对这个问题进行了讨论，但一时没有拿出可行的办法。

陈云提出解决粮食问题的方案

1953年6月23日,周恩来给在浙江莫干山疗养的陈云拍了一封电报:

> 3年来,在粮食问题上采取慎重政策,由中央统一集中管理,得以渡过难关。自下半年以来,由于疏忽,加以今年部分地区发生灾荒,致粮食紧张。今后若干年,此基本情况尚难改变。会议中仍有改变管理与供应制度的提议,同时亦有主张维持原办法,可略增加地方机动之数者。
>
> ……
>
> 此事关系颇大,你过去考虑过深,请提出意见,以便中央通盘考虑作出决定。

接到周恩来的电报后,陈云非常重视,一边向中央表示他的初步构想,一边积极思考解决中国粮食问题的办法。

7月,陈云结束了在外地的因病休养,回到北京参加全国财经会议。

会后,陈云遵照中央的指示,全力以赴调研如何解决粮食抢购问题。

经过调研和多方讨论，陈云提出了解决当时粮食问题的8种方案。反复对比筛选以后，其中的7个方案被否定了。它们是：

第一，只配不征。就是只在城市配给，农村不征购。因为在农村里工作的干部听到"征"字就害怕，说在农村征购是不是可以慢一点。

如果实行这个办法，那只是关了一扇门。就是说，我们在城市里搞配给，只准一个人买多少，不准囤积，也不准拿到乡下去。

这样农民看到政府在城市配给，他就会说："啊！你缺少粮食，老子不卖。"

所以，如果只在城市配给，在农村中不征购，我们就会买不到粮食。

第二，只征不配。这种方式在城市里工作的干部欢迎。他们说："农村征购是要的，城市配给可以慢一点。"

日本帝国主义搞了一下配给，国民党也搞得天翻地覆，现在又搞配给，城市人一听"配给"就头痛。

但如果只在农村里征购，在城市里不配给，结果一定会边征边漏。政府在农村里征购，换给农民钞票，农民拿到钞票以后，转身就可以再跑到城里的粮食公司把粮食买回去。

第三，原封不动。所谓原封不动，就是照当时那样的办法，自由买卖，这个办法的结果必乱无疑。

有人说:"乱就乱吧,乱一年就不得了吗?乱一年中华人民共和国就翻了吗?"

陈云认为:乱一年要考虑乱到什么程度,要把乱的利害与征购粮食比较一下,如果乱的害处大,就不如搞征购。如果等到乱了一年,再来搞征购就晚了。

第四,临渴掘井。就是先自由购买,到实在没有办法了再来抓大头,搞征购。这样办行不通,道理很简单,到买不到粮食的时候,城市的自由供应也就无法继续了,那时,到哪去买粮?

第五,动员认购。这个办法以前东北做过。在东北做动员认购时,就是上面有个控制数字,交到省,省到县,县到区,区到支部。

然后支部就开会,负责落实。

在会上,村干部要不断地动员大家说:"同志们,大家认呀!"

很多村民都低下了头。

村民说一个数,干部就说:"不够,再加!"

村民再说一个数,干部看看还不够,就说:"不够,再加。"

总之,不加够就不散会。这个办法叫强迫,显然新生的人民政府不能这样做,也非长久之计。

第六,合同预购。当时有人说:"棉花订了预购合同,我们就买到了一些。"

对此,陈云认为:棉花之所以能买到,不一定是合同预购的功劳。最重要的还是棉花收得多。我们一年需要的棉花是1300万担,而农民一年收获量是2000万担。如果棉花收少了,我看合同预购也不一定能收到。如果农民现在收的粮食多了三四百亿公斤,他也会赶紧卖的,问题是现在粮食缺乏。

显然,即使定了预购合同农民也不一定卖,合同预购也不能解决当时的粮食问题。

第七,各行其是。也就是各地根据不同的情况,实行不同的粮食政策。这样做如果不妨碍其他地方是可以的,但问题是各地的方法必定会相互影响。

既然前面7个方案都不行,最后剩下可选择的就只有既统又配,即在农村征购、在城市配给。

在当时,陈云还形象地把粮食问题比喻成挑着一担炸药,前面是黑色炸药,后面是黄色炸药。如果搞不到粮食,整个市场就要波动;如果采取征购的办法,农民又可能造反。两个中间要选一个,都是危险家伙。

于是,后来关于统购统销的实施背景就有了"一担炸药,八种选择"的说法。

对于这第八个方案,陈云也是比较犹豫的。

为此,陈云打电话给在外调研的时任中财委副主任薄一波,征求薄一波的意见。薄一波表示赞同。

经过广泛征求意见,反复权衡,陈云认为,没有别的选择,唯一的办法就是实行粮食征购和配给。

于是,在1953年的国庆之夜,陈云在天安门的城楼上，向中共中央和盘托出了他的统购统销计划，并得到了中央的认可。

10月2日，由毛泽东主持的中央政治局扩大会议在北京召开。

由于事先已做过周密的调查研究，陈云在报告中提出的在农村实行征购、在城市实行配给的办法，没有引起太大的争议，大家一致表示同意。

但是，对于能否在1953年开始收购，大家都有些犹豫，因为公粮马上就要开始征了，时间上怕是来不及了。

正当大家为能否在1953年开始实行统购统销问题争执不下时，时任副总理兼财经委员会副主任的邓小平机智地提出：把征收公粮的时间推迟一点，征购和征收公粮一起实行。

该意见获得大家的一致认可。

在会议的最后，毛泽东发言明确表示赞成陈云同志的报告，他说：

赞成陈云同志的报告，详细办法以后讨论。粮食问题采取统购统销这样的措施是否迟了一步，将来再看，也许不迟。从现在起到11月中或11月底做准备，从12月到明年1月征粮、购粮同时进行。因此，征粮的布置要推迟一个月。这也是要打一仗，一面是对出粮的，一面是对吃粮的，不能打无准备之仗，要充分准备，紧急动员。

这次政治局会议还通过了陈云起草的召开全国粮食紧急会议的通知。通知指出：

从根本上找出办法来解决粮食问题，是全党刻不容缓的任务。

通知还规定华东局谭震林，中南局李先念，华北局刘澜涛、刘秀峰，西南局李井泉，西北局马明方，必须参加会议。

中央决定实行粮食统购统销

1953年10月10日,全国粮食会议在北京召开。

根据10月2日政治局扩大会议的通知要求,此次会议被定为"紧急"会议。但是,为了保密,以免引起恐慌,这次会议对外未用"紧急"二字。

在会上,陈云作了《实行粮食统购统销》的报告。

在报告中,陈云首先向大家说明了当前在粮食问题上面临的危急情况,以及粮食问题涉及的4种关系。即:国家与消费者的关系、国家与商人的关系、中央与地方和地方与地方的关系。

陈云指出:

> 现在只有两种选择,一个是实行征购,一个是不实行征购。如果不实行,粮食会出乱子,市场会混乱;如果实行,农村里会出小乱子,甚至出大乱子。我们共产党在长期的革命斗争中,跟农民结成了紧密的关系,如果我们大家下决心,努一把力,把工作搞好,也许农村的乱子会出得小一点。而且,这是一个长远的大计,只要我们的农业生产没有很大提高,这一条路总是要走的。

陈云明确地对大家说:"要处理好这4种关系,唯一可行的办法是,在农村实行征购,在城市实行配给。"

有些同志表示了担心:"这样的办法太激烈了,征购这个名词听起来也很吓人,如果能通过自由购买买到粮食,最好不用这个办法。"

面对同志们的担心,陈云坦率地说:"200亿公斤粮食可不可以采取自由购买的办法?我说,如果采取自由购买的办法能够买到这些粮食的话,我是求之不得的。"

停顿了一下,陈云又接着说:"我这个人属于温和派,不属于激烈派,总是希望抵抗少一点。"

听到此,很多与会代表都为陈云的幽默说法所打动,顿时,会场响起了一片笑声。

但是,陈云并没有笑,反而显得脸色凝重,他继续说道:"所以,如果采取自由收购的办法,能够买到的话,我是求之不得的。但问题是买不到的。如果今天说可以买到,到时候买不到,我可以肯定地讲,粮食市场一定要混乱。这可不是开玩笑的事情。"

陈云的坦率赢得了大家的理解,为了解决问题,有的同志又问:"别的办法还有没有?是不是还可以想一想别的办法。"

对此,陈云耐心地回答说:"同志们,我告诉你们,我想过了,开始从改良主义想起,想了好久改良主义的办法,最后还是想到了这个最彻底的办法。"

对于决定实行的最后一个粮食统购统销方案,陈云也是有顾虑的。他说:"又征又配,农村征购,城市配给,硬家伙。我这个人胆子小,有一点怕。我跟毛主席讲,我怕开除党籍,20多年了,搞不好就搞翻了。城市里的人都要配给,农村里的人都要征购,所以,这件事情跟每一个中国的老百姓都有关系。财经会议刚开过,如果这个事情出了毛病,翻了车,比新税制翻车要厉害得多。"

当然有些同志担心,统购统销这个办法可能会出现一些问题,甚至担心在农村工作的同志会挨农民的扁担。

对此,最后陈云痛心地说:"回过头来想一想,不这样做怎么办?如果不这样做,那我们就要恢复到大清帝国、北洋军阀、国民党的那个办法。就是进口粮食,向美国、向加拿大、向澳洲买粮食,买麦子。一年进口300万吨。我们的外汇有多少呢?向资本主义国家的出口,向香港输出的青菜、猪鬃、大豆,加上侨汇,总计不过3亿美金,大概能买300万吨粮食。"

陈云扫视了一下会场,接着说:"如果把这些钱买了粮食,那我们就不要建设了,机器也不要搞了,工业也不要搞了。那时也有一种后果,我们也要挨东西,挨什么呢?挨飞机炸弹,挨大炮,还要加上挨扁担。你搞得不好,帝国主义打来了,农民的扁担还会打你。农民会说:'请你走吧,不要你在北京了。'"

陈云讲话之后,邓小平做了补充发言,他说:"农村征购、城镇配给、严格管制市场和集中统一管理的4项政策,是相互联系缺一不可的。"

邓小平还特别强调了只有坚决实行这些办法,才能真正巩固工农联盟,引导农民走社会主义,保障国家建设计划的实施。

全国各大区参加会议的领导干部,在听取陈云的意见后进行了认真的讨论研究。他们根据本地区的具体情况,一致认为实行征购和配给,是调剂粮食产需矛盾的最佳方案。

得到各大区的支持以后,对粮食实行征购和配给的办法就基本上确定下来了。

在讨论过程中,毛泽东觉得,征购和配给的名称不好听,他说:"'征购、配给'的名称可否改变一下?因为日本人搞过这个事情,这个名称有些吓人的。"

当时的粮食部长章乃器想了一个名称,他说:"把在农村实行征购叫'计划收购',怎么样?"

大家觉得这个名称比较好,于是征购被定名为"计划收购",配给也相应地被称为"计划供应"。两者简称"统购统销"。

1953年10月16日,中央政治局再次召开扩大会议。

会议通过了经全国粮食会议讨论、并由邓小平同志修改过的《中共中央关于粮食统购统销的决议》等文件。

同日,中央还发出《关于粮食统购宣传要点》。

11月19日,政务院第一九四次政务会议通过《关于实行粮食的计划收购和计划供应的命令》，并于11月23日发布。

《决议》指出统购统销包括：粮食统购统销政策，包括计划收购、计划供应、由国家严格控制粮食市场和中央对粮食实行统一管理的政策4项内容。

针对4项内容，《决议》指出：

> 上述4项政策是互相关联的，缺一不可的。只实行计划收购，不实行计划供应，就不能控制市场销量；只实行计划供应，不实行计划收购，就无法取得足够的商品粮食。
>
> 而如果不由国家严格地控制粮食市场，和由中央实行统一管理，就不可能对付自由市场和投机商人，且将由于人为的粮食山头的相互对立，给投机商人以更多的捣乱机会，结果计划收购和计划供应亦将无法实现。

对这4项政策的关系，邓小平曾经用一句四川土话来表述：4项政策"只能穿一条连裆裤"。

邓小平进一步解释说："中国山头很多，粮食问题又出了几千万个山头。如不强调统一领导，分工负责，就会出乱子。"

粮食统购统销政策的实施，关系着5亿农民和8000万城镇居民的吃饭问题，事关重大。

为此，中共中央的《决议》强调必须"全党动手，全力以赴"。

1953年11月24日，陈云致信周恩来，提出：

《关于实行粮食计划收购和计划供应的命令》《粮食市场管理暂行办法》中不准私商"自由经营"，以改为不准私商"私自经营"为好。计划价格前面应加上"今年秋粮"几个字，因为明年小麦收购价格可能降低。明年公布时，要在报纸上发个消息，说明有些地区并不实行，这样新疆、西藏等地商人就不会恐慌了。

次日，陈云在签发中财委致各大区财委并各省市财委并报中央电中，通报了北京、天津两市粮食统销的工作情况，总结了京津两市面粉统销工作的初步经验。

接到中央的《决议》和国务院的《命令》后，全国除西藏和台湾外，其他各省、市、自治区均根据上述决议和命令，从1953年11月底和12月初即开始，在农村贯彻粮食统购统销政策。

于是，一场包括计划收购政策、计划供应政策、由国家严格控制粮食市场的政策和中央对粮食实行统一管理政策4项内容的粮食统购统销战役在全国经济战线打响了。

二、政策实施

- 陈云说:"征购是一项很艰巨、很麻烦的工作,这比对付资本家难得多。"

- 农民郑玉刚兴奋地说:"这回说透彻了,俺也痛快了。早知这样,心里就不慌了。"

- 刘家福流着眼泪说:"实行统购统销是刨断了穷根,堵死了穷路,走上了富路。"

各地积极宣传统购统销政策

1953年11月底和12月初,粮食统购统销政策在全国的广大农村开始贯彻执行。

在开始贯彻前,先要让老百姓了解这项政策是一个基本前提。因此,对统购统销进行宣传是非常重要的,对此陈云深有认识。

早在粮食会议上,陈云说:"征购是一项很艰巨、很麻烦的工作,这比对付资本家难得多。"

为此,陈云提出:"必须开展广泛深入的宣传动员,召开一系列动员会议,讲总路线、讲节约生产、讲统销是总路线的一部分的一部分。"

于是,一场对统购统销政策的宣传活动,在全国各地轰轰烈烈地开始了。

在当时,中南地区及其所辖的河南、湖北、湖南、江西、广东、广西六省的党政领导机关,绝大部分都由第一把手带头,组织大区、省、地、县、区、乡各级干部和积极分子共330多万人,经过短期培训,深入农村进行工作。

华北地区,仅山西省投入这一工作的力量,就有130多万人。其他各大区和省组织的人力均以百万计。

贯彻实施的具体做法,各地以县为单位,先召开扩大的县、区、乡三级干部会议，接着由区或乡召开中共党员、青年大会和积极分子大会，然后以乡为单位，分别召开党的基层党组织会和人民代表大会，在此基础上，再召开群众大会。

在各种会议上，以中共中央拟订的《关于粮食统购统销宣传要点》为指导，集中宣传党在过渡时期的总路线、总任务以及粮食统购统销同总路线、总任务的关系。

除召开各种会议，层层深入贯彻外，各地还利用其他形式，配合进行宣传。

在当时，四川省文化事业管理局出动了82个电影放映队，携带幻灯机，把有关的宣传内容制成幻灯片，走村串户进行放映。

四川省文化事业管理局还组织大批戏剧工作者、音乐工作者和民间艺人等文艺队伍，深入居民区和田头地角，用演唱等形式向农民宣传粮食统购统销政策。

四川省还出版发行了宣传材料300多万册，散发到农村，配合宣传。

在新疆某县，为了做好粮食统购工作，该县党委、人委分别召开扩大会、三级干部会、人民代表大会，进行研究部署，县政协召开常委会号召政协委员，协助政府做好农村粮食统购统销工作。

该地报纸发表社论，刊登文章，宣传粮食统购统销政策。

县区乡各级党政领导深入农村，坐镇指挥，包干负责这项工作。

自治区各地州抽调万人工作团，分赴该县各地。自治区级机关就抽出2000多人，包括主席、部长、厅长30多人，科处长级70余人，自治区党委第一书记亲自为自治区下乡工作团做动员报告。

自治区党委统战部长、司法厅长和新疆军区动员部的领导，带领一批干部来该县协助工作。

该县县委副书记兼县粮食工作办公室主任，又从各机关企业单位抽调数十人的工作组下乡，开展以粮食统购统销为中心的农村工作。

自治区、州、县、乡所抽出的同志，编成工作组，分片包干，深入到农业社，同吃、同住、同劳动，跟班劳动到田间地头，做深入细致的思想工作，利用多种形式宣传党的粮食政策，并根据自治区党委的指示，秋收前在农村开展了以粮食问题为中心的大辩论和反虚报、反瞒产与"七查"运动。

与此同时，河北省各地农村在统购统销中，也非常重视政策宣传。

河北省各地县、区、乡三级干部会议结束后，普遍召开了共产党员和积极分子会议，并以乡为单位训练了宣传骨干。

在当时，仅据张家口、唐山、沧县三个专区不完整的统计，就训练宣传骨干25万多人。

河北省人民政府文化事务管理局还组织了76个电影

队在农村进行巡回演出。500多处文化馆、站举行了图片展览和统购统销政策讲座。省级宣传部门还为农村宣传员、业余剧团印发了90多万份讲话材料和演唱材料。

于是，一场大张旗鼓的宣传运动在河北农村中广泛展开。

为了做到家喻户晓，河北省农村中的共产党员和宣传员都充分利用了黑板报、屋顶广播、小型座谈会、个别漫谈等方式，通过具体生动的事例和群众切身的体会，引导农民回忆、对比、算账，启发其政治觉悟和爱国热情，使农民进一步认识把余粮卖给国家的重要意义。

宁河县靳家某村的党组织，通过国家电力扬水灌溉站和拖拉机帮助他们增产的事实，向农民进行了工农联盟的教育，让农民了解到个人和国家的关系，全村59户农民决定把余粮22.5万公斤卖给国家。

在藁城县焦庄，当宣传员讲到1943年闹灾荒的惨景时，许多人都哭了。

农民说，旧社会闹灾没人管，现在有了人民政府咱们过上好日子，别处受灾可不能不管。

在邯郸市陈村，当宣传员来宣传统购统销时，全村人只有一小部分人去听，因为此时很多农民都很穷，都在想办法怎么能得到粮食满足一家人的吃饭问题。

还有很多农民正在收拾东西准备逃荒，因为他们觉得无论政府采取何种措施，总不会主动发粮食给我们农民，所以再开会也解决不了一家老小的吃饭问题。特别是听说统购统销还要购走农民手中仅有的一点余粮，农民更害怕了。

宣传员了解了陈庄的情况后，并没有灰心，而是采取更加主动的宣传方式，把宣传工作从会上做到农民家中。

很多宣传员走进困难群众家中，告诉他们统购统销政策会在他们困难时，由政府统一调配粮食给他们。

于是，农民放心了，更高兴了，他们纷纷向邻居宣传统购统销的好处，并积极号召大家去听宣传员的宣讲报告。

经过宣传，农民对统购统销政策逐渐从抵制到接受转变。

12月中旬，通过各种形势的宣传，粮食统购统销政策在全国各地基本上达到了家喻户晓、人人皆知。

各地积极实施统购统销

1954年初，经过广泛宣传后，统购统销政策在全国各地如火如荼地展开了。

在当时，山东省胶县十区后屯乡共有702户，3069人，土地1.2万多亩。

1953年，后屯乡因自然灾害全乡平均减产两成左右，农村普遍缺粮，很多农户连粮种都没有。

1954年初，后屯乡人民政府响应党中央的号召，端正党员、干部对粮食供应工作的认识，教育他们自觉、积极地领导与做好统销工作。

开始时，乡、村干部对统购与统销的关系，缺乏完整的了解，认为"统购是任务"，"统销不是任务"，因此只管统购，忽视统销。对统销工作的复杂性、艰巨性认识不足，认为"统销容易，统购难"，"农民卖粮要教育，买粮不用动员"，有的干部甚至还想买粮囤存。

针对上述情况，后屯乡召开了中国共产党乡、村支委扩大会议。

在会上，乡领导耐心地向大家解释统购统销的政策，特别提出统购与统销的关系。

经过乡领导的认真宣传，大家认识到统购是为了统销，只有做好统购才能满足统销的需要，也只有做好统销才能达到统购的目的。

有的干部说:"过去光管统购,不管统销,就像一条腿走路。"

有的说:"统销搞不好,统购白拉倒。"

认识纠正后,很多干部群众纷纷表示:"坚决做好统销工作,既要做好统购,也要做好统销。"

统购统销实施后,由于过去全面完整地宣传统购统销政策不够,群众中还存有一些误解和疑虑。

社员张吉坤说:"去年收成不好,粮食缺乏,都统购上去了,今年春天我们一家老少吃啥?"

有的农民说:"实行粮食统购统销不方便。"

更有农民认为统购统销政策就是"国家光买不卖"。

这些认识无疑对全乡统购统销的开展造成了阻力。针对上述思想情况,后屯乡首先通过具体实例,使农民认识粮食统购统销对国家和对农民的好处。

为此,后屯乡积极开展工作,保证了粮价和物价稳定。通过取缔粮食投机,避免高利贷剥削和土地买卖人大减少等事实,进一步使农民认识到粮食统购统销政策对小农经济实行社会主义改造的关系。

有的农民说:"实行统购统销是刨断了穷根,堵死了穷路,走上了富路。"

实行统购统销前,粮食奸商扰乱市场,小麦涨价,自实行统购统销后,粮价就迅速平稳了。

大家说:"如不实行统购统销,今春有钱也买不到粮食吃。咱们乡老少爷们又要去逃荒了！"

在采取政策的同时，后屯乡还没有忘记对统购统销的宣传。当然，这次宣传的重点是对有余粮的群众。

通过各种形式向有粮户宣传，很多有粮户深深感到：把余粮卖给国家，功在国家，利在自己，名利双全。

通过教育，进一步提高了群众觉悟，消除了顾虑，积极拥护统购统销政策，并涌现出一批积极分子。

当时一个叫李有才的农民就高兴地说道："大河有水，小河不干，只有国家掌握了粮食，咱才有好日子过。"

很多群众还说："如果不实行计划供应，谁有钱就卖给谁，结果粮食都叫奸商买去了，吃亏的还是咱们农民啊。"

于是，很多有余粮的纷纷响应国家号召，卖出了自家的余粮。如农民张连增之前已卖出余粮650公斤，这次经过教育后，又卖出余粮140公斤。

不缺粮或缺粮很少的农户提出：为了支援国家建设和维持扩大生产，要厉行节约，不买粮食。如农民金世九原计划到银行贷款买100公斤粮食，现在也不再贷款买粮。

他说："我没有余粮卖给国家，要为国家节约粮食，家家节约，积少成多，社会主义就能早日实现。"

缺粮户也纷纷表示：要细水长流，省吃俭用，不多买国家的粮食。有的说："社会主义是一砖一瓦垒起来的，节约一斤粮，国家建设就增加了一分力量。"

在进行购粮的同时，后屯乡对缺粮户进行了调查工作。在大体了解了缺粮户数、粮数后，后屯乡乡政府非常重视，积极开展工作，帮助缺粮户渡过难关。

为此，后屯乡政府专门召开了全乡缺粮户会议。

会上，进一步宣传统购统销政策，讲明供应的对象、标准和时间。并由积极分子发言，然后由领导方面提出供应名单，民主协商评定供应户，并通过打增产节约谱，由缺粮户自报缺粮时间和实需数量，再民主评定。

最后，经领导批准，发给购粮证。

同时，结合统销工作，对13户常年困难户进行了救济，发放救济款，并帮助他们打出生产自救谱。

接到乡政府的救济款和救济粮后，很多缺粮户激动得泪流满面，他们纷纷说："政府不光保证缺粮实需户的供应，还对困难户进行救济，人民政府真是处处关心人民。"

最后，全乡确定在麦收前，共供应92户414人，占总户数的1.31%。共计划供应粮食和瓜干6500公斤，平均每户73公斤。

群众对这次粮食供应工作都很满意，普遍反映："只有正确地实行计划供应才能把粮食用到真正需要的地方，这样办就对了。"

已卖出余粮的农民也高兴地说："统购统销的办法真好，有余粮的卖粮后扩大了生产，缺粮户买到实需的粮食，生产也有了保证。"

缺粮的农民说："有了统购统销政策，今后再也不受粮商、粮贩和高利贷的剥削了，好好安心生产吧！"

因而通过统销工作，进一步推动了生产、互助合作与统购工作。

统购统销使农民放心了，全乡农民劳动激情高涨，到当年的5月份，全乡耙地已形成运动，互助合作组织也通过订增产节约计划有了进一步的提高。

在山东省诸城县第六区桥庄乡，开展粮食统销工作后不久，有些农民还存有思想顾虑。

当时全乡有30%的农户要求供应粮食。有的积极分子因受家庭埋怨，后悔不该提早卖粮。

中共桥庄乡总支委员会根据这一情况，首先召开了乡、村支委扩大会议，认真地总结了前段工作，表扬了爱国售粮和参加互助合作运动的积极分子。

经过反复讨论，与会干部和积极分子正确认识了3个月来工作的成绩和实行粮食统购统销对农民的好处，并检查批判了前一段工作中的缺点，如只管统购不管统销，对缺粮情况心中无数，没有深入宣传粮食统销政策等。

接着，全乡共产党员根据会议精神，联系实行粮食统购统销对农民的好处的实例，广泛深入地向群众进行了粮食统购统销政策的教育。

经过宣传教育，农民群众普遍反映："这回说透彻了，俺也痛快了。早知这样，心里就不慌了。"

陈长德互助组组员原来有5户要求供应粮食，这时都自动检讨说："咱不缺粮，要求供应，真不应该！"

与此同时，干部和党员具体帮助群众订增产节约的计划。

许多原来要求供应粮食的农户自动表示不需要供应，全乡要求供应粮食的农户减少到占总户数的7.3%。

同时，干部、群众都很满意，积极投入生产。

与后屯乡、桥庄乡一样，当时全国各地，在统购统销的带动下，人民群众纷纷高兴地参加农业劳动，并表示用农业的丰收来支持国家的社会主义建设。

政法部门保障政策顺利实施

1954年3月，在实行粮食的计划收购和计划供应的过程中，各地也有少数粮食奸商，用各种卑鄙手段破坏国家关于粮食市场管理暂行办法的规定，继续从事粮食的投机活动，扰乱国家的粮食收购和供应工作。

在这些粮食奸商中，有的是公开和国家对抗，继续抢购套购粮食；有的匿粮不报，秘密贩运粮食，从事黑市活动；有的则在为国家代销粮食时进行掺杂、掺次、抬价以及挪用粮款和谎报销售量等违法活动。

在当时，江苏省新沂县粮食奸商薄元洪和马贤昭，在国家实行对粮食的统购统销以前，就勾结拉拢51个粮商组成粮食投机集团，使用各种非法手段抢购套购了160余万公斤粮食。

在当地人民政府宣布实行粮食的统购统销政策以后，薄元洪等人还继续抬价抢购了129多万公斤粮食。

江西省南丰县实行粮食的统购统销以后，有70多户粮商假报转业，而实际上是化装下乡抢购和套购粮食，进行粮食的黑市活动。其中，仅6户即非法抢购了3万多公斤粮食。

湖南省自实行粮食统购以来，衡阳、岳阳等地不断发现奸商偷运粮食。

与此同时，暗藏的残余反革命分子也趁机造谣煽动，破坏国家的粮食收购和供应工作。

山东省济宁市潜伏的反革命分子崔德友，不仅一贯从事粮食投机，而且在实行粮食计划供应后，还秘密召开小会9次，企图煽惑少数粮贩进行骚乱。

有的地方还发生了反革命分子破坏国家的粮食保管和调运工作，盗窃、烧毁国家粮食的事件。

因此，实现粮食计划收购与计划供应的工作过程，也是和粮食奸商及反革命分子的破坏活动进行剧烈斗争的过程。

随着我们国家经济计划性的日益加强，这一斗争也将会日益加剧。

很显然，如果我们对粮食投机和反革命分子的破坏活动熟视无睹，听之任之，那就不仅会使粮食的统购统销工作遭遇困难，而且会使整个国家的建设事业遭遇困难。

面对这种情况，为了在今后继续贯彻粮食的计划收购和计划供应政策，坚决消灭一切粮食投机、破坏活动，各级党委和人民政府开始注重在以后的各种工作中，采取一系列的经济措施，严格地加强粮食的市场管理，使投机者和破坏者无隙可乘。

但是，要消灭对粮食的投机和各种破坏行为，仅仅依靠宣传教育和经济工作，还不能取得斗争的完全胜利，还必须有人民法院、检察署和公安机关以法律的武器密切配合，坚决惩罚那些犯罪情节严重、恶劣的分子。

为此，中央人民政府政务院在关于实行粮食的计划收购和计划供应的命令中也明确规定：

> 为了加强市场管理，取缔投机，各级政府应组织有关部门进行经常的检查和监督。对于违犯国家法令的投机分子，必须严予惩处；对进行投机和勾结、包庇投机分子的国家工作人员，应加重惩处；对破坏计划收购和计划供应的反革命分子，应依照中华人民共和国惩治反革命条例治罪。

根据中央要求，在整个粮食斗争中，各级人民法院、人民检察署和人民公安机关都有责任努力抓好这项工作。

在政法部门履行职责过程时，公安机关有重点有计划地加强粮食斗争中的保卫工作，加强对于破坏活动的侦查和破案工作。

法院和检察署抓紧检查和处理重大的粮食案件，并且积极地对广大群众进行守法教育，提高广大群众保卫国家建设的警惕性，组织群众性的监督和检举活动，使一切破坏国家粮食收购、供应和保管工作的犯罪行为能被及时发现或防止。

同时，为了有成效地组织群众性的监督和检举，各地人民法院、检察署和公安机关还通过自己的工作系统和所接触的群众，通过人民调解委员会、人民陪审员、人民检察通讯员、治安委员会、公安派出所及其所联系的积极分子，结合各种工作，广泛深入地向群众宣传国家的粮食政策和法令，揭发粮食奸商的投机行为和反革命分子的破坏行为对于国家和人民的危害性，使群众能自觉地起来协助政府，检举和制止各种破坏国家粮食政策的犯罪分子和阴谋破坏粮食政策的反革命分子，使他们无地藏身，无法进行破坏粮食政策的违法活动。

人民司法机关在处理有关粮食问题的案件时，经常有计划地选择一些重大的典型案件，大张旗鼓地举行公开审判或公开宣判，借以交代人民政府的政策，扩大法纪的宣传教育。

1954年9月，湖南省零陵县人民法院第四巡回法庭在六区菱角塘乡举行了邻近4个乡的群众大会，公开宣判了一件纵火破坏粮食统购统销、阴谋抢劫粮食和杀害乡干部的反革命案件。

在此次案件中，首犯邓振忠是一个兵痞流氓，在国家实行粮食统购统销以后，他煽动和勾结邓新孺、邓谷雨、邓建军进行破坏活动。

邓振忠对他们说："我们多买粮食都要受限制，得想个办法放火烧屋，等干部和群众出来救火时，我们就去抢粮。"

同时，邓振忠等人还阴谋杀害乡农民协会主席和乡人民政府秘书，劫取枪支，武装暴乱。

7月1日至5日,在邓振忠的操纵下,罪犯们曾连续四次纵火破坏,在放火的同时,罪犯们又两次散发反动传单,恐吓群众,严重地影响了菱角塘乡的超额增产运动。

为了坚决打击破坏分子,保障粮食统购统销政策的贯彻和增产运动的顺利进行,零陵县公安局组织警力迅速侦破了此案。

案件破获后,检察机关立即依法向零陵县人民法院提起公诉。

零陵县人民法院根据确凿的犯罪事实,判处怙恶不悛的罪犯邓振忠死刑,判处伙同组织纵火的罪犯邓新孺10年徒刑。

从犯邓建军、邓谷雨两人,系受首犯邓振忠诱哄参加,事后肯坦白悔过,从宽处理,邓建军教育释放,邓谷雨免予追究。

以上判决在会上宣读后,邓振忠当场伏法,到会群众一致拥护人民政府的判决。

通过这种形式,对典型案件的公开审判和公开宣判,能够提高群众的政治觉悟,帮助群众熟悉国家的政策法令,并教育群众遵守政策法令。

在实行粮食计划收购和计划供应的工作过程中,许多地方采用这种办法,也获得了良好的效果。

各级人民司法机关和公安机关在惩罚犯罪、处理具体案件时,根据不同的对象和不同的犯罪情节,分别对待。坚持首恶从严、一般从宽，惯犯从严、偶犯从宽，今后从严、过去从宽的原则，以达到惩一儆百和争取多数、孤立少数的目的。

在贯彻粮食统购统销政策中，人民法院、检察署和公安机关所担负的任务是光荣的和艰巨的。

各级人民法院、检察署和公安机关除抽调干部参加有关部门所组成的经常性的检查和监督以外，还经常地或定期地调查研究有关粮食方面的违法犯罪情况，总结粮食斗争的经验，借以提高干部水平，改进工作。

省、市人民法院的经济建设保护庭或审判小组，专区和县人民法院所派出的巡回法庭或巡回审判小组，人民检察署所派出的巡回检察组，均把向群众进行有关粮食政策的宣传，检查和处理有关粮食案件，当作经常的重要的工作，及时发现和惩处粮食投机奸商和阴谋进行破坏活动的反革命分子，保障国家在粮食战线上取得完全的胜利。

统购统销从粮食扩展到棉花

1954年9月9日,中华人民共和国政务院第二二四次政务会议,通过了《关于实行棉花计划收购的命令》和《关于实行棉布计划收购和计划供应的命令》,并于9月14日公布。

为此,中央决定:

从9月15日起,国家对棉花实行高度集中的统购统销政策,除留给农民少量自用外,全部由政府指定的棉花经营部门,即供销社收购,同时取消了私商棉贩和公私合营纱厂联合购棉处。棉花销售执行严格的计划分配,国家每年根据棉花可供资源和纺纱计划进行平衡,下达调拨供应计划。

于是,一场对棉花与棉布的统购统销工作在全国展开了。

中央关于棉布统购统销和棉花统购政策公布后,各地的宣传工作迅速展开,仅几天的时间就已经是"家喻户晓"。

当时在北京,广大人民群众热烈拥护政府的这项新措施，并且表示要以实际行动保证这项措施的贯彻执行。

国营北京第一棉纺织厂女工李玉英、沈芝莲等都表示要尽量减少棉花的浪费，生产更多、更好的棉布。

亮马厂农业生产合作社主任邢玉贵等提出要努力改进技术，争取多生产更多更好的棉花卖给国家。

许多私营布店的工人也纷纷提出保证，要帮助资本家改善经营管理，做好经销工作。

与此同时，北京市的私营棉布零售商，也由政府分别情况加以安置。许多零售商已经申请并被批准为"北京市花纱布公司棉布临时经销处"。织布业和棉布工业也都进行了库存登记、编制计划等工作。

为了配合统购统销政策，北京市人民政府商业局还印制了3 000多万枚棉布购买证，分发给全市居民，市民们就是凭证购买棉布。

实行棉布计划供应后，北京棉花与棉布市场平稳，棉布销售情况正常。

中央决定实行棉花与棉布的统购统销后，武汉市的报告员、宣传员、街头的大字报、广播站连日来不断宣传棉布计划供应的办法和好处，并组织群众进行了讨论。

广大群众根据自己几年来生活改善的情况，进行了对比、算账，普遍认识到了棉布计划供应的必要性。

武汉市郊区和平乡的农民在座谈棉布计划供应时，一致认识到计划供应可以稳定物价的好处。他们还拿食油和粮食打比喻说：自从实行计划供应后，我们就再也没吃过私商的亏。

烟厂工人王大金、吴汉芝还说："我们过去看见别人做一件好衣服，自己也做一件，结果还有一些衣服放在那里没有穿。今后我们应该注意节约用布。"

国营武汉第一棉纺织厂等许多纺织业工人都表示要用节约原棉、提高生产的实际行动，来支持国家棉布计划供应。

9月14日，湖北武汉市开始实行棉布计划供应，供应开始后，棉花统购统销政策得到群众热烈拥护。

从清晨到晚上，武汉全市60多家公、私营棉布零售店忙碌地接待着顾客，与政策之前的略显冷清形成了鲜明的对比。

已经领到购布证的棉布摊贩，开始在中国花纱布公司武汉市公司批发门市部批购他们所需的布匹。

有些私营零售布店的店员工人们，在商店门口结上了彩绸，表示他们开始为国家经销棉布的喜悦。

全市服装、雨伞、童装、印花、帆布等商店，也照常营业。

与此同时，上海市的统购统销也在顺利推广。

在决定实行棉布计划供应之前，全市数千名报告员和数万名宣传员分别向广大居民宣传了棉布统购统销和棉花统购的政策。广大人民热烈拥护这项政策。

国营上海第五印染厂工人缪永生等都表示要带头遵守国家计划供应的制度，并且努力生产，为人民多印染更好的花布。

许多有经验的家庭妇女还利用各种形式，积极向人们宣传节约用布的办法。

信大祥绸缎呢绒棉布庄等私营绸布业工人保证督促资方订好棉布经销合约，老老实实经营业务。

15日，市民们开始凭购布证在商店内买布，秩序良好。他们看到商店内摆满各色棉布，都流露出对实行棉布计划供应的信任与满意的神情。

上海市开始实行棉布计划供应，市场保持稳定与正常状态，这表现了上海各阶层人民对国家这一重要措施的热诚拥护。

当时全国各地包括西安、广州等大城市也都纷纷表示拥护对棉花与棉布实行统购统销。

人民群众积极揭发"缺粮"问题

1954年9月17日到21日,四川省温江县苏坡乡召开首届乡人民代表大会第四次会议,讨论关于粮食统购统销的工作。

为了做好当年秋季的粮食统购工作,苏坡乡人民代表大会第四次会议详细地研究了实行粮食统购统销政策以来的情况,并从中找出一部分农民闹"缺粮"的真正原因,以便向群众进行宣传教育。

根据代表们的计算,苏坡乡去年共收入大米503.9万多公斤、小麦43.5万公斤。交了公粮、公田租、土地证照费、乡自筹经费、水利经费等以后,剩下大米345.85万多公斤、小麦30.5万公斤。

统购统销当中,政府又供应了大米20万公斤。代表们都知道每人每年平均有185公斤粮,就宽余宽剩地够吃了,但去年每人平均223公斤粮食,却还闹"缺粮"。

于是,大家明白了闹"缺粮"的原因绝不是统购多了、供应少了,于是便翻来覆去找真正的原因。

在找原因当中,代表们揭发出全乡74户富农就有72户叫嚣"缺粮",并进行抢购套购。

全乡的13个被管制分子和83户地主中,除3户地主外,全部闹"缺粮",并乘机煽动落后农民。

当时，快活村富农张绍安有 30 亩田，每年要余米 500 多公斤，年年打谷子时还要在路上拦着买约 250 公斤粮食，囤积起来，进行投机剥削。

1953 年实行粮食统购时，群众评议张绍安应卖米 1 万公斤，结果他只卖出 2000 公斤。

然而，统购工作刚结束，他就叫嚣"缺粮"，骗取农民的供应证，套购大米 165 公斤，又到成都抢购玉米、红薯 1000 多公斤。

栽秧子时，张绍安推着车子拿着口袋到青羊宫抢购，一路上大喊大叫："青羊宫今天开仓卖米了，大口小口一人 20 斤，快去买呀！"

在张绍安的煽动下，沿公路有上千位农民到青羊宫仓库要求买粮。

天灵村地主巫仕春在自己套购国家粮食的同时，还煽动农民套购国家粮食。

还有一个碾粮商人刘正根应该卖给国家 250 多公斤麦子，他不但不卖，却碾成面悄悄卖给农民，获取暴利。

泰安村被管制分子傅孟林抢购大米、玉米、挂面 1000 多公斤。他还煽动农民说："你们太老实了，农民嘛，就说没口粮要买粮，怕啥？我还不怕哩！只要有钱，啥子都把它买回来。"

与此同时，城市投机奸商也用各种办法勾引农民，从中进行投机剥削。

黄土村人民代表干子云事后回忆说：

统购后国家供应给我900斤米，我吃不完借给别人240斤。但在闹"缺粮"时，我也跟着闹。第一回到成都去抢购，因为人多，什么都没买到手。

走到一家挂面铺门口，那家老板悄悄对我说："你明天来，我留着面等你。来时不要在铺面上问，嘴里吃支纸烟，对直朝屋里走，免得政府打麻烦。"还说："我们商人本来知道你们农民照着总路线走困难，想卖面给你，但就是人民政府不让卖。"

第二天，我又跑到成都去，照他的话做，果然买到16斤面。那时，我还认为"这户商人好"。现在才明白他用圈圈套我们。合作社的面粉便宜，他卖给我的面，每斤多了很多钱。

在当时，奸商害农民的事例还有很多。高坎村农民杨成德到青羊宫买了个9公斤重的大南瓜，拿回来打开一看里面一大包水。

帅廷彬听卖红薯商人的话，先交定钱，晚上跑到青羊宫背红薯，买了25公斤，回来一称才17.5公斤。

在城乡资本主义和不法地主、残余的反革命分子的影响下，苏坡乡有50%的农民跟着闹"缺粮"，跟着抢购套购，形成了全乡闹"缺粮"的紧张空气。

一连串的事实在这次会议上被揭发出来以后,代表们清楚地认识到闹"缺粮"的本质是奸商利用农民某些落后思想进行反限制斗争,而地主就利用这一机会进行破坏活动。

在弄清了闹"缺粮"的本质以后,代表们明白了因为闹"缺粮"给国家和农民造成的巨大损失。

天灵村22个人民代表中,有18人家里有粮也跟着闹"缺粮",到处乱跑,花费了人民币,吃掉了22只猪和半只牛,造成了很大损失。

为此,代表刘洪兴检讨说:"本来我的粮食是够吃的,但见地主、富农闹得凶,有些农民也跟着闹,我害怕别人说我'有粮食吃',也卖了4只肥猪、两石菜籽和三车竹子,跟着别人到处乱跑。这些钱全浪费了,又耽搁了工,生产受了损失。只怪我思想落后,认不清敌人,上了大当。"

黄土村的人民代表给本村跟着闹缺粮的农户算了一笔损失账:"栽秧子正忙的时候,有一天听富农说'青羊宫卖米了',50多个农民丢下活跑了一天,损失了钱不说,还浪费了50多个工,40亩田的秧子也栽迟了。全乡15个村算账的结果,共损失人民币5亿多元,浪费人工4000多个。大家计算如果把浪费的钱买肥料,可买76万斤;如果把浪费的人工用来积青肥,可积250多万斤。"

通过具体算损失账,代表们清楚地看到盲目跟着闹

"缺粮"的结果，实质上是帮助了不法分子，严重地危害了国家和农民的利益。

于是，大家自觉地批判了落后思想，表示坚决完成当年统购统销任务。

到会的代表和列席的干部，有241人实报了自己的产量。

天灵村人民代表罗子云说："以前眼睛是模糊的，听见别人闹'缺粮'，心头拿不稳，也认为农村'缺粮'，开过这次会，眼睛明亮了。我回村后一定要启发群众算好这几笔账，教育大家处处照顾到国家工业化的利益，警惕敌人的破坏活动。上半年村里的落后农民是三句话不离'没饭吃'，要把账算好，宣传工作做好，过不了多久，大家就会三句话离不开工业化了。"

黄土村人民代表杨银光以前和富农李尚清的女儿恋爱，李尚清见着他就喊"缺粮"。

起初，杨银光还向富农说明统购统销的好处。后来杨银光受了富农的影响，也认为统购统销"把农民扣紧了"，于是不安心工作，村里的大会小会都不参加，成天和富农在一起，帮助富农干活。

这次杨银光参加乡人民代表大会会议后，认识到自己上了富农的当。

回村后，杨银光立刻揭发了富农闹"缺粮"的花招，工作积极起来。

与四川一样，当时很多地方都有闹"缺粮"问题。

在山东兖州田家村一个叫李大发的农民，家里藏了650多公斤粮食，还天天向干部说："我家都没有粮食了，一家老小一天只吃一顿饭，我作为一家之长，都没有脸活了。你们干部无论如何得给我点粮食啊。"

当时在村里有很多像李大发这种闹"缺粮"的情况，对此，干部非常重视，专门召开群众大会讨论这个问题。

在会上，李大发的邻居也是其堂弟李明礼说："大发哥不是没有粮食，他家猪圈旁的那个小屋里藏有1 000多斤粮食呢。他闹'缺粮'是怕干部再要他交余粮啊。"

就这样李大发闹"缺粮"的秘密被揭发了。

通过揭发闹"缺粮"问题，为统购统销工作的顺利开展提供了保障。

及时纠正统购统销实施过程中的问题

1954年底,全国范围的整顿农村粮食统销工作已经取得了巨大的成就。

统购统销的直接成果是控制和压缩了农村中不合理的粮食销售量,使农村粮食统销情况趋于正常。

同时,统购统销还提高了农村工作人员和广大农民的觉悟,给粮食统购统销制度的健全化奠定了基础。

但是,在此过程中,也出现了一些问题,当时,无论在城市,还是在农村,都有些人说:"向农民买得多了,在农村销得少了。"

很多人不明真相,人云亦云,有些更是在淆乱是非,借此攻击政府的统购统销政策,破坏农民群众对政府的信赖。

其实,自从实行粮食统购统销以来,国家每年向农民征收的农业税和统购的粮食,不及粮食总产量的三分之一。其中,近二分之一又销售到农村中,平均每个农民每年可以有250多公斤粮食,这个数目是够用的,如果使用得当,且能略有盈余。所谓"购得太多""销得太少"的论调,显然是没有根据的。

然而,不调查分析具体事实,听到别人对粮食问题有了一些议论,自己就跟着议论起来,制造吓人的空气,这种不负责任的态度最能坏事，而为了正确地解决粮食问题就必须首先同这种不负责任的态度作斗争。

山西定襄县农民在当年春季纷纷向县、区、村各级工作人员反映粮食不够，要求增加供应量。

中共定襄县委也被这种假象所迷惑，一度失掉信心，使全县粮食统销工作陷于混乱状态。

后来，县委在上级党委帮助下，先算了一笔大账：1954年，定襄县收成不坏，除去国家征收的公粮和统购的粮食，加上国家统销的粮食，全县每人平均有280公斤左右的粮食，这个数目是很够用的，缺少粮食的说法是完全错误的。

接着，县委又在一些粮食供应最紧张的村庄进行典型调查。定襄县智村乡，1954年是丰收年景，全乡共1117户，统购粮食7.8万多公斤，平均向每户购了不到70公斤。但是，当年春季竟给1080户发了供应证，占总户数96%以上，而且供应粮食16万多公斤，超过统购量一倍以上。

虽然这样，还有许多农民说"没有饭吃"，要求国家继续供应粮食。

县委领导意识到：粮食供应情况极端不合理。摸到了全县统购统销的"底"后，县委领导头脑清醒了，信心提高了，因而采取了有效的措施，进行了艰苦的工作，很快就把粮食统销的混乱状况纠正过来了。

很显然，国家确定的统购任务，是从农村的实际情况出发的，是符合农民的负担能力的。国家在农村销售的粮食是很够用的，在某些地区并且是多了的，如果调配得好，压缩掉不合理的销售量，就能满足缺粮农民的需要。

对此，与山西定襄县一样，各地政府也积极开展工作，用真凭实据驳倒那些错误论调，心中有数且理直气壮地坚持和贯彻粮食统购统销的政策。

在积极纠正了统购统销中的问题后，统购统销获得了全国人民的认同，全国支持统购统销的局面很快到来了。

农民普遍尝到统购统销的好处

1954年10月，湖南省各地普遍召开乡人民代表会议，总结国家实行粮食统购统销的好处。

洞庭湖滨水地区的农民经过总结，对国家实行粮食统购统销很满意。

沣县温家乡今年遭受水灾后，国家供应这个乡18万公斤大米，且价格合理，使全乡农民都能安心在家生产。

在汉寿县文龙乡人民代表会上，老年农民刘棣堂激动地说："我经过了几次大水荒年，从没看到像今年这样的情形。记得1931年闹水灾时，米价一天涨3次，那时我家因为没钱买米，6口人出外逃荒，结果死了3口。今年垸子溃了以后，政府用大船运米送上门，我家10口人一次就买到了4个月的口粮。要不是国家实行了粮食统购统销，今天灾民哪能这样安心在家生产。"

许多农民在会上计算了国家实行粮食统购统销后免受私商中间剥削的好处，益阳县十二区的农民在代表会议上算了一笔账：去年全区统购粮食215万公斤，每50公斤的价格比往年新谷登场时私商的收购价格要高2万元，共多得款8.6亿元，全区3640个卖粮户，每户平均多得23万多元。全区统销大米104万公斤，每50公斤的价格比1952年春季私商的出卖价格平均低4万元，全区

4500个统销户，共计免受私商剥削8.3亿元。

桂阳县共和乡农民罗百钧在乡人民代表会上说："我每年要余一些粮食，但过去一到秋收，私商就压价收购，卖得的钱只够零花，谈不到扩大生产。去年我卖了500多公斤稻谷给国家，除了给老婆、孩子添了新衣外，还买了肥料和农具，生产本钱下得足，今年又多收了500多公斤谷子。"

湘潭县正福乡农民去年卖余粮给国家，共得款3亿多元，全乡农民买回15万多公斤肥料、8头耕牛和12部水车，今年扩大了双季稻90多亩。

与此同时，四川各地也在举行大会庆祝统购统销的好处。

1954年10月，秋收过后，四川省在统购统销中得到好处的农民，今年决心把更多的余粮卖给国家。

宜宾、内江、江津等专区许多去年进行了粮食统购统销的地区，农民卖出的余粮已比去年同时期增加了一倍左右。

宜宾县松峰乡高正英农业生产互助组在去年粮食统购前只有5户组员，统购后，有15户农民看到新道路好，加入了互助组。

这一年内，国家又供应了250公斤大米，扶助有困难的组员。因此全组生产特别有劲，今年的秋粮比去年增产二成多。

全组除把增产的3400多公斤黄谷卖给国家外，还节约了 6000 公斤粮食卖给国家。

而在当年春耕和夏季生产时，高县怀远乡有 45 户农民栽不上秧，有 19 户缺粮，后来人民政府供应怀远乡 4600 公斤粮食，使全乡农民都安心生产，当年获得了丰收。

农民张光明说："由于国家掌握粮食，我们山区农民再不受奸商剥削了。"

全乡农民表示今年一定要多卖余粮。

许多过去遭受粮食私商剥削的农民，更深切地感受到粮食统购统销的好处。

筠连县集义乡在粮食统购前，每到新粮上市，粮食私商就压价收买；到青黄不接的时候，又乘机抬价，往往用高出市场一半的价格卖出。

实行统购统销后，粮食私商没有进行投机活动的余地了。农民李孝珍由于把粮食卖给国家，免除私商中间剥削，增加了收入，今年生产投资比往年扩大了不少，收成比去年增产了一成。

为此，李孝珍高兴地说："要不是统购统销，从哪里得到这些好处？"为了感谢政府，她决定卖给国家 700 公斤余粮。

南溪县翻身乡新华村在去年统购前，全村 120 户家底薄的农民，年年受粮食商人的剥削，去年实行粮食统购统销后，国家用合理价格收购和供应粮食，农民宋子安说："以往秋贱春贵的情景现在完全没有了，而且物价稳定，这都是粮食统购带来的好处。"

在上年，新华村只有43户卖粮给国家，而在当年增加到100多户。

长宁县公理乡农民牟治安，去年把粮食卖给国家，买了犁头、耙子和肥料，全家添了新衣服，另外还存了30万元到银行，当年春耕时，他又从银行取出一部分存款投入生产，当年获得了空前丰收。

牟治安高兴地说："政府实行粮食统购统销，等于给农民增加了收入，把死粮变成了活钱。所以我决定今年要比去年多卖500余斤粮。"

1954年，湖南省澧县温家乡遭遇百年未有的大水灾，平地水深将近1米，稻子和棉花都被淹坏了。

新中国成立前连年的水灾，在温家乡人民的心里留下了极其悲惨的印象。

久远的事情不说，单说1948年受灾后的景况就让温家乡人担忧。那年刚一遭灾，地主、奸商就眉开眼笑了。

冉大成马上在余家台街上开了一个米店。他晓得农民家里等着米下锅，要起价钱来便信口开河。

同时，从冉大成那里买的米，1升实际只有0.9升，米粒子用水发得跟饭粒子一样，一捏就成了粉末。

那年，许多遭了灾的农民，在本乡没饭吃，只好到外地去逃荒。

农民周乃忠，忍痛把16岁的大女儿送到富农家里做童养媳，把14岁的大儿子送到外乡去放牛，叫老婆带着

3个小儿女出去逃荒，讨了几个月饭才回来。

这还算是"运气好"的。有的人逃荒出去，至今还没有音讯，不知道是死是活。

面对比往年大的1954年水灾，温家乡农民最担心的一个问题就是：粮价会不会涨？

有些年纪大的人，想到过去的情形，害怕起来了，甚至准备走逃荒的老路。

李远湖全家5口人，把行李都收拾好了，打算往山里逃荒。他沉痛地说："逃荒不是好出路。没有粮食，也只好这样！"

但是，此时不是1948年了。

区公所的干部们向农民说：今年国家实行了粮食统购统销，政府可以保证供应口粮。

于是，惶惶不安的人心开始安定了，李远湖把捆好的行李重新打开了。

有些人这时候还有点怀疑：今年这么大的灾，政府拿得出这么多粮食吗？

然而，这个怀疑很快被事实打破了，粮食大批大批地运来，缺粮的农户马上得到了供应。原来准备逃荒的老年人，一个个又喜欢又惭愧地说：老眼光真是看不清新世界啊！

经常逃荒的周乃忠更是高兴，政府供应给他450多公斤大米，还发给他救济款，一家人的生活可以维持，再也不用东逃西散了。

周乃忠依靠互助组里大伙的力量，排掉高田渍水，种上3亩荞麦、1亩晚稻。

李远湖在政府供应给他300公斤大米以后，也完全安下心来进行生产自救了。

接着，他就种了3亩荞麦、1亩草籽。他说："粮食不成问题，生产也已经搞起来，我们都不用再逃荒了！"

莫家忠在去年实行粮食统购的时候，心里想不通，勉强卖了250公斤余粮，有时还发点牢骚："政府桩桩事情都办得好，就是这件事情没办好。"

这次遭灾以后，政府供应给他200公斤大米。他说："统购统销的办法真好，不然向哪里买米，哪里又有这样便宜的米吃！"

前些日子他要买草籽种的时候，因为供销合作社准备的数量不足，奸商便乘机抬高价钱，他还生气地说："草籽也实行统购统销就好了！"

温家乡的支部书记方业镜在谈论粮食统购统销的好处的时候，兴奋地算了两笔账。

第一笔账是，国家在当年水灾以后，已经供应给温家乡18万公斤大米，每斤的价钱一直是780多元。如果不是实行粮食统购统销，粮价难免就要波动，如果每斤贵出100元，全乡缺粮户就得多付出3600万元。

第二笔账是，由于国家供应了足够的口粮，全乡农民能够专心生产自救，排干了2000多亩田的渍水，抢种了1100多亩晚稻、1000多亩荞麦，再加上2000多亩大麦、小麦等，全乡的人可以解决3个月的口粮。

为此，方业镜激动地说："你们讲，就凭这些事情，农民们能够不拥护统购统销政策吗？今年，粮食统购统销政策救了温家乡。明年，我们一定要把更多的余粮卖给国家，用实际行动来拥护统购统销政策！"

全国各地在统购粮食的时候，都采取帮助农民总结粮食统购统销的好处的办法，用农民的切身经验和看得见的事实，对他们进行生动、具体而又亲切、实际的教育，进一步提高他们的社会主义觉悟，使他们自觉自愿地把余粮卖给国家。

当然，由于我国地大人多，各地情况不尽相同，农民的感受也有所不同，宣传的内容和方式应该多种多样。通过宣传教育，全国人民的认识发生了很大改变。

几千年来，我国农民吃尽天灾的苦头。一有天灾，官僚、地主、奸商就乘人之危，加紧向农民进攻，弄得农民倾家荡产。

推行统购统销时，各地政府宣传说，实行粮食统购统销，可以促进互助合作运动的发展，提高农民的积极性。事实也证明了这话是对的。

在总结粮食统购统销的好处的时候，许多老年农民说："那些过去不务正业的人，这一年都务正了。"

在实行粮食统购统销以前，农村中很多人雇长工、放债、买土地、典青苗、囤粮食、做投机生意，有的人甚至荒了土地，卖掉土地，去做投机生意。

结果，个别的人赚了钱，较多的人破了产，不少农业生产合作社和互助组却涣散了、散伙了。

实行统购统销后，很多农民们接受国家统购统销的宣传，懂得统购统销的重要意义，再不做那损人利己的事情，而以巨大的规模和速度，组织互助合作，发展农业生产。

国家实行粮食统购统销，不仅阻止农民用粮食去做"不务正"的事情，而且有效地保护了农民的利益。

在当时，农民普遍缺乏资金。有"底垫"，才能扩大再生产。国家统购粮食，恰恰使农民增加了资金，充实了"底垫"。

首先，国家向农民统购粮食，规定的价格是很合理的。1953年粮食统购的基价比1952年大约提高了8%，全国农民因此得到的利益，约有3万亿元左右。

用这笔钱买水车，能买200多万辆；买牲口，能买200多万头。

当时，虽然我们国家的工业还不发达，还不能充分供应农民所需要的一切生产资料，但在可能的范围以内，国家尽量给农民供应更多的物资。

国家统购统销粮食，完全改变了旧的市场规律。在过去，有余粮的农民陆续出售余粮，常常就把粮款零星消耗掉了。

现在，集中把粮食卖给国家，一次购回大宗的生产资料。

过去，缺粮农民在青黄不接时候，经常发愁买不到价格适当的口粮；现在，这些农民说："实行粮食计划供应，一不怕买不到粮食，二不怕粮价上涨，三不怕粮商掺假坑人。"

于是，实行统购统销后，农民们再不像过去那样担心市场的变化，他们有条件安心生产了。

统购统销使广大农民得到了切切实实的好处，使广大农民真正认识到，统购统销是为人民着想的，人民政府更是为广大穷苦农民着想的。

各地丰收农民踊跃售粮

1954年11月，取得丰收后的各地农民个个欢欣鼓舞地表示要多献粮给国家。

在河北省，广大农民深切感到一年来国家实行粮食统购统销的很多好处，热烈拥护统购统销政策，踊跃售粮给国家。

原来，河北省在1953至1954年度里，完成了国家粮食收购计划112.4%。粮食收购数量比统购前的上一个年度增加了53.2%。

这对支援国家建设事业，巩固国防，起了重要作用。

实行粮食统购统销，保证了城市和工矿区人民的需要，也保证了广大农村和经济作物地区缺粮农民的粮食供应。其中，邯郸由国家调剂的粮食达到了全区全年总销量的69.2%。

国家为照顾棉农生活，还调剂了一部分细粮。仅邯郸、邢台等六个专区的产棉区，就供应面粉550多万公斤和大米415多万公斤。

国家及时供应产棉区粮食，提高了棉农的生产积极性。当年河北全省棉田面积比原计划超过了23%以上。

实行粮食统购统销后，河北省各地建立了由国家领导的初级粮食市场，不仅及时调剂了有无，保证了粮价的稳定，而且切断了农民和资本主义的联系，促进了农村互助合作运动的开展。

实行粮食统购统销后，过去新粮上市粮价猛跌的现象已经不再发生了。农民不怕买不到粮食，也不用顾虑粮食涨价了。

邯郸专区成安县西商城村缺粮农民李布元，从粮食部门买到550多公斤粮食后，他高兴地说："什么时候去买粮食，也是那样的价格，要不是实行统购统销可不行！以前，一到灾年粮价就要涨。"

在实行粮食统购以前，河北省共有农业生产合作社1万多个，随着粮食统购工作的开展，发展到3.1万多个，到当年9月底，已发展到7.1万多个。

当年，河北省农民的生产积极性十分高涨，踊跃卖粮给国家。

遵化县老庄子村的农民，去年得到了"爱国增产售粮模范"的锦旗，今年生产劲头更大。全村农民积极把卖余粮的钱买了农具、牲口、肥田粉等，争取多打粮食，卖给国家。

庆云县三区王高乡的农民缴粮售粮2.6万公斤，其中8个农业生产合作社就集体卖给国家粮食2.08万公斤。

在江西，获得丰收后，各县普遍召开了干部会议或党代表会，并派工作组下乡，广泛宣传国家征收公粮和粮食统购统销的政策和重大意义。

秋粮征收和统购统销工作全面展开后，全省大部分地区已开始进行摸实产量，计算评定。进度较快的地区，粮食已经很快入库。

为了做好粮食征收和统购统销的宣传教育工作，江西省各地的工作组下乡后，首先召开了党、团支部会议，乡人民代表、基层干部和积极分子会议，传达和交代了粮食征购政策和做法，讨论了征粮购粮和支援国家工业化、支援灾区恢复生产的重大意义。

工作组接着又分工负责，划片包干，分村召开群众大会、妇女会、农业生产合作社社员会、互助组组员会，广泛进行宣传动员。

在宣传中，工作组和积极分子从总结去年粮食统购统销的成绩中，帮助农民认识统购统销对农民的各种好处，同时对去年统购统销工作中的缺点也做了检讨。

经过反复宣传后，广大农民热烈拥护国家征收公粮和粮食统购统销政策，纷纷把更多的粮食缴给和卖给国家。

九江市农民郑向前说："是共产党让我翻了身，是统购统销解决了我春荒的缺粮问题，现在我收到了粮食怎么能忘记国家。我打算除了留下850斤留自己吃外，剩下的全缴给国家。"

全省很多农民在售粮中，都挑选好的粮食卖给国家。宜春县原田乡第一农业生产合作社卖给国家的粮食全是颗粒饱满的"南特号"。

萍乡县湘东区的农民开展了组和组、村和村、乡和乡的卖粮红旗竞赛，大大加快了国家购粮速度。

与此同时，在东北的黑龙江，征粮购粮工作即将全面展开，广大农民正日益踊跃地向国家出售余粮。

1954年11月，中共黑龙江省委在召开全省粮食工作会议以后，从粮食厅等有关部门抽调40多名干部成立了征粮购粮办公室，由省人民政府副主席杨易辰任主任，领导全省的征粮购粮工作。

从11月22日起，为了贯彻全省粮食工作会议的精神，各县相继召开有县、区、村三级干部和劳动模范、积极分子等参加的会议。

各县在召开会议以前，一般都派出工作组，到典型村调查粮食产量。

在会议上，许多县采用了各种生动有效的方式，深入地进行关于购粮意义、购粮政策的教育。

安达县在会议期间组织了一个图片展览会，用图片来具体说明国家5年建设计划的远景和统购统销的好处。

阿城等县请参观过工厂的农业劳动模范讲述卖粮对支援国家工业建设的意义。

绥化、呼兰等县在会上表扬了去年积极卖粮的模范人物。

开过这些会议以后，在广大干部、积极分子的领导、推动下，全省征粮购粮工作热烈展开了。

从秋收以来，全省广大农民就开始纷纷向国家出售余粮。

五常县第八区新丰、红光、星光、富源等 14 个农业生产合作社的社员们，在开始打场的时候，就作出决定：余粮不入仓，直接集体卖给国家。此时，他们已经把 50 多万公斤稻谷卖给国家。

去年获得"售粮模范村"光荣称号的海伦县第二区光荣村的农民，在秋收刚开始的时候就提出了"快拉，快打，节约粮食，多向国家卖粮，保持光荣"的口号。

青年团员高林说："我要用亲手种出来的粮食，支援国家工业建设。"

在开始打场以后的四五天当中，全村就卖给国家 6000 多公斤余粮。

巴彦县第三区"五一"农业生产合作社去年遭受了水灾，当年夏锄期间，社员们正缺口粮的时候，政府供应给他们 5000 多公斤粮食，帮助他们及时进行了夏锄，使庄稼获得丰收。

社员们从这些事实中，深切体会到粮食统购统销的好处。

社主任高桐说："今年要不是国家实行粮食统购统销，掌握了粮食，及时供应我们吃粮，在那个节骨眼上，准会有人搞粮食投机来剥削我们。我们在国家帮助下得到了丰收，一定要把余粮卖给国家。"

社员李有华说："吃水不忘掘井人。是统购统销让我们渡过了春荒，我们一定多献粮食支持这项政策。"

老农民李来福说："是啊，我们一定要多交粮，让统购统销这项政策活下去。如果不交粮这项政策办不下去了，一旦遇到灾年，我们农民又要逃荒了。"

于是，全体社员决定，除了把12.15万多公斤余粮卖给国家以外，还要从喂猪、喂马等方面节约6000公斤粮食卖给国家。

11月，黑龙江全省农民向国家出售余粮的数量一天比一天增加，从秋粮上市到11月18日止，各地已收购了27万多吨粮食。

各地粮食大量上缴，有力地缓解了全国粮食缺乏的问题，不仅支持了统购统销的顺利实施，也为城市和工业的发展提供了保障。

三、完善政策

- 陈云鼓励大家说:"今天叫你讲,就是要你讲真话,讲大话和讲假话是要害人的。"

- 老农民李柏峰说:"是啊,过去农民辛苦一年还不够还债的。遇到灾年更是没有庄稼人的活路。粮价一天八变,所谓'好马赶不上粮价涨'。"

陈云调研统购统销实施情况

1955年1月,时值寒冬,陈云在日理万机的繁忙工作中抽出时间,冒着严冬,在华东局负责农业工作的领导同志的陪同下,来到江苏青浦小蒸乡进行调研。

此次调研离农历新年只有几天了,陈云之所以选择在此时调研,有着深刻的社会背景。

原来,尽管在统购统销正式实行以前,已做了大量的调查研究,对于可能出现的问题也做了预测和准备。对此,毛泽东列举了"十七条"可能出现的毛病,陈云在"十七条"之外又加了一条,叫"有意想不到的毛病"。尽管在贯彻统购统销的过程中,是"全党动员,全力以赴",但统购统销毕竟是一个新事物,党和政府对此也毫无经验,因此,统购统销开始实行以后,还是不可避免地引发了一些问题。

当时在山东新泰县八区的一些村,竟采用"打虎"的办法斗争余粮户,对出卖余粮而不同意统销统购者,驱逐出会场,令其考虑,名曰"去掉挡头"。

有的区干部还说:"有余粮不卖就封门,对抗就给他穿上个眼。"

泰安地区的问题并非个别现象,全国各地也有类似的问题,这些问题大都是由于对统购统销政策执行不当引起的。

1954年，长江、淮河流域遭受百年不遇的大洪灾。为了救灾需要，1954年至1955年度，在非灾区多购了约35亿公斤粮食，全国统算，也多购了11.5亿公斤，从而进一步加剧了政府与农民的紧张关系。

到1954年底至1955年春，全国各地几乎是"家家谈粮食，户户谈统销"，统购统销在各地遇到了不少阻力，各种质疑之声也悄然而起。

这一制度是否、能否坚持下去，成了人们普遍关注的一个问题。

为此，陈云决定亲自到农村进行调研。

陈云以善于调查研究著称。他有一套完整的调查研究的方法，其中之一就是向自己熟悉的人进行调研。

陈云认为，自己熟悉的人没有"乌纱帽"的问题，敢于讲真话，从他们那里最容易了解到真实情况。

因此，早在解放初期，他就在自己的家乡约定两位农民作为长期的联系人，不定期地直接向他反映农村的问题。

这一次，他仍然采取这样的办法，直接到自己的家乡进行调研。

在此次调研之前，陈云曾经嘱咐北京师范大学附中的一位学生利用回家之便，调研一下青浦小蒸乡的农民情况。

这位学生回家后经过调研写出了一份书面材料，反映青浦小蒸乡由于接连三年农作物歉收，征粮比例过高和人多地少，农民生活普遍困难。陈云得到这个材料后报送毛泽东。

第二天，毛泽东批转中共中央华东局第三书记谭震林：

> 陈云同志所得青浦县小蒸乡的情况，很值得注意，兹寄上请阅，并请抄寄苏南区党委。

毛泽东还建议由谭震林派出两个调研组分别往浙江、苏南，直到几个县的乡村，专门调研农民公粮及其他负担的实情，然后由华东局召集两区负责人会议，切实解决农民负担太重的问题。

就这样，陈云开始了他的调研之旅。

陈云乘火车在沪杭铁路石湖荡车站下车，来到了青浦小蒸乡。

在这里，陈云约见了自己的特约联系户陆象波和曹兴达，并拜访了烈士家属，还专门看了米店、粮仓，找农民、商人、小学教员、居民、干部参加座谈，征求对粮食统购统销的意见。

起初，大家觉得陈云是中央领导，不敢乱讲话。

于是，陈云就开导大家道："我听的好话太多了，我现在要听的是大家对政府的意见，老讲好话政府就会垮掉的。"

看到村民们仍心存疑虑，陈云就和蔼地问身边的村书记陈永年家住哪里，叫什么名字，在村里担任什么职务，并且鼓励说："今天叫你讲，就是要你讲真话，讲大话和讲假话是要害人的。"

最后，在陈云的一再鼓励下，大家才开始畅所欲言起来，谈了很多对于统购统销的看法。

这次农村调查，陈云重点研究了统购统销中的两个较大的问题，即农村周转粮的问题和对农户统购多少、留粮多少以及缺粮怎么办的问题。

在调研中陈云发现，当时农民有意见的原因，主要是上一年统购时购了"过头粮"，挖了口粮，农民粮食不够吃了。

对于统购统销制度，农民虽然也有一些意见，但经过说服教育，农民还是能够接受的。

这样，陈云心里就有底了。就是说，统购统销政策有缺点、有漏洞，可以补充、改进，但能够也必须坚持。

本着这一原则，这次调研中陈云还着重对统购统销中的一些具体问题进行了研究，如对农户统购多少、留粮多少、缺粮怎么办等等问题。

陈云在 24 日结束这次调查回到上海后，还与江苏、浙江两省的负责同志交流了对粮食统购统销的看法。

陈云提出定产、定购、定销

1955年1月底,陈云结束调研,不顾辛劳,匆匆返回北京。

一到北京,陈云立刻对在家乡调研的有关问题作了周密、系统的考虑,并向中央提出了农村粮食统购统销中的"三定"政策和办法:

对粮食要实行定产、定购和定销。在一个粮食年度里,连征带购的粮食总数3年不变。由各地政府根据产量确定统购数字,规定卖粮户留粮标准,力求消灭购"过头粮"的现象。确定农村统销数字,留出周转粮,从统购统销总数内扣除。

"三定"政策还要求:全国各地以乡为单位,确定全乡每户的常年计划产量和全乡粮食统购统销的数量,并一律向农民宣布,使每一农户都知道自己是余粮户还是缺粮户,使每一余粮户知道应该卖给国家多少粮食,使缺粮的农户知道自己能够向国家购买多少粮食,做到心中有数。

看到陈云提出的"三定"政策后,毛泽东和党中央立刻表示赞同。

在确定实行"三定"政策时,毛泽东还风趣地说:

> 粮食定产要低于实产,要使农民多留一点,多吃一点,多喂一点,多自由一点,做到人不叫,猪不叫,牲口不叫。

1955年3月3日,国务院第六次全体会议在京召开,陈云出席会议。

这次会议通过了《中共中央、国务院关于迅速布置粮食购销工作、安定农民生产情绪的紧急指示》,《指示》指出:

> 目前农村的情况相当紧张,不少地方,农民大量杀猪、宰牛,不热心积肥,不积极准备春耕,生产情绪不高……农民不满的主要原因是农民对统购统销工作感到无底。因此,国家对于粮食统购统销数字的规定必须切合实际,进一步采取定产、定购、定销的措施,使农民心中有数、情绪稳定……

4月28日,中共中央、国务院发出《关于加紧整顿粮食统销工作的指示》。

《指示》发出后,全国各省、市立即派出了几十万干部到农村、到城市整顿统销工作，再一次宣传粮食统购统销的意义，号召人民起来协助政府做好这一工作。

对于要求供应粮食的要进行评议，把不应该供应、可以少供应的数字削减下来，可以迟供应的就推迟，同时保证对缺粮户必要的供应。

随后，陈云在全国粮食会议上再次强调："粮食征购任务不能再多了，经验证明，哪里多收了一点，哪里就容易出乱子，最后，多收的粮食还要返还给农民。今后粮食的出路在于压缩销量，应该下决心，集中力量从销售方面做文章。"

当时，广大农民都了解增产粮食的重大意义，也看到两年来国家所实行的粮食统购统销的政策对于农民和全国人民都是必要的、有利的。

但是，也有许多农民不知道：每年国家究竟要向他们征购多少粮食；他们生产的粮食，有多少归国家征购，有多少归自己支配。

消除农民的迷惑心理，让农民及时知道中央的"三定"政策对于提高农民的增产积极性有极大的关系。

因为农民"摸了底"，才不会误以为他们生产得愈多，国家收购得愈多，农民所得的利益不够大。这就是说，国家每年征购粮食的一定的数目应当在春耕的时候就预先向农民宣布，好让农民根据这一点订出自己的增产计划。

为此，党中央和国务院要求全国各地应以乡为单位，迅速确定全乡的常年计划产量和全乡粮食统购统销的数字，并及时向农民宣布，使每一户农民都知道自己起码应该生产多少粮食，使有余粮的农民知道自己要卖给国家多少粮食，使缺粮的农民知道自己能够向国家购买多少粮食。

国务院规定：

> 在秋收后，只要年景正常，国家就按照春天宣布的数字向农民征购，无论农民增产了多少，征购的数字都不再变动。因此，农民就可以自己多留余粮，自由支配这些余粮，增加生产的利益就可以完全为农民所得。
>
> ……
>
> 本年度粮食预计统购数字，中央已经分配到各省，各省要很快按级分配到乡。各乡要用最快的方法传达到每户农民，使家家心中有数，早日把全年的家务安排妥当，积极投入春耕生产运动。

经过各级政府的积极宣传，中国广大农民很快了解到了中央"三定"政策的内容，各地农民个个都欢欣鼓舞。

各地热烈支持粮食新政策

1955年初,春风送暖,万物复苏,全国广大地区的农民开始了新的一年的耕耘。

3月14日,浙江省萧山县小桥村的村民个个欢欣鼓舞。

原来,中央决定实行"三定"政策的喜讯传到了该村。

获知这一消息后,全村农民立即欢腾起来,奔走相告:"共产党又兴了个好政策!"

农民汪妙兴正在田里撬地,听到这个消息以后,原来对粮食统购统销政策的一些顾虑打消了,忍不住放下撬子,兴冲冲地从田里跑回家来,又笑又说:"共产党兴的好章程,真摸透了我们庄稼人的心思!"

这天晚上,村里的农业生产合作社、互助组和单干农民都分别开座谈会,讨论粮食"三定"政策,大家情绪很高,会开得很热烈。

当年春天,在黑龙江某村的一个村民会上,一个叫李虎的农民高兴地对大家说:"中央实行'四定'真是造福我们老百姓啊!"

当时,旁边的村民笑着提醒说:"李虎,是'三定',不是'四定'。"

李虎听后，笑着对大家说："就是'四定'嘛！你们看有了定产、定购、定销以后，咱们老百姓的心就定下来了。这不是正好'四定'。"

顿时，会场上下响起了一片掌声。

村民李团结说："实行'三定'办法好啊，我准备在今年增加两亩小株密植，在田里施10船泥肥，争取多打粮食。"

该村农业生产合作社社长武东升说："有了这个办法，今年我们社里就能更顺利地改种连作稻了。"

会后，这个农业生产合作社在3天内，就组织70多个社员到哈尔滨街上打扫垃圾10车，共1万多公斤。

在首都北京，农民也非常高兴地欢迎中央提出的"三定"政策。

北京石景山区鲁谷乡一农民，听到"三定"后，自书楹联赞颂道：

毛主席号召"三定"人人高兴；
共产党规定"四留"个个不愁。
横批：努力生产。

"三定"的办法也得到了广大农民的热烈拥护，有力地鼓舞了农民的生产积极性。

北京海淀区远大蔬菜生产合作社管理委员会委员李玉侠说："我们社一致拥护这个政策。这对我们国家建设，对我们农民个人生活的提高，都有了保证。"

四季青蔬菜生产合作社副主任袁明说："这个新办法贯彻下去，保险大伙儿劳动积极性能更加提高，让缺粮的使劲生产，变成不缺；有余粮的更加一把劲，生活更富裕。"

西山农业生产合作社主任程学信说："我们社是以种蔬菜为主，去年缺粮，今年加一把劲，争取自给自足。"

丰台区白盆窑乡农业生产合作社副主任郭洪泰说："新办法上写着在正常年景下，收购粮食数3年不变。国家这么照顾我们农民，我们一定想一切办法增产，把好粮交给国家，支援国家工业建设。"

南苑区红星集体农庄3000多人口，去年因为水涝，长期靠政府调拨粮食供应。他们深刻体会到了粮食统购统销的好处。

农庄主席于潮凯说："去年别的地方接济了我们八、九十万斤粮食，今年我们种植的小麦已经丰收，现在正在争取大秋作物丰收，我们一定按国务院公布的办法，把80多万斤余粮卖给国家，支持城市，支援第一个五年计划胜利完成。"

当时，陕西一位60多岁的老农民高兴地说：

我是陕西三原县新阳农业合作社的社员，今年已是62岁的人了，从来吃粮用粮都没有精密计划。

咱们人民政府才开始实行粮食统购统销的时候，不用说，我是看不惯的。工作人员讲了老半天这好处，那好处，我总是半信半疑的。

经过这两年来的事实证明，真个是"日久见人心"，好处全看到了。

我们这里是产棉区。从开始实行粮食统购统销时起，我就一直在担心，像我们这里一向要买外地粮食，如今一实行粮食统购统销，是不是会把世事治死了。这阵子，我就算有一百条心也放下了。以后听我乡工作人员说，国家从我们这里一年约莫只能购到16万多斤粮，可是国家销出来的就要有30多万斤。

我常想：要是没有实行粮食统购统销，刀把子还不是要捉到粮商手里吗？我记得没有实行粮食统购统销以前，政府的牌价是一角一二分一斤麦子，可是私商趁国家粮食掌握不多，供应不充分的空子，就非要卖两角多一斤不可。要按国家不实行粮食统购统销来划算，光我们一个乡一个所买的粮食就要多花出2.4万多元，等于80头大牛叫人白白牵跑了。真是话怕细讲，账怕细算！

说实话，粮食统购统销，过去也还有含糊的地方，每年国家要购多少，销多少，哪家应卖多少，能留多少，哪家应买多少？在过去是

• 完善政策

谁也不清楚的。人心里总像结个疙瘩一样，摸不着底，我也常听有人说不满的话。真想不到，毛主席和人民政府想得这么周到，实行粮食统购统销才两年光景，又制定了实行粮食"三定"这个好办法。今年春上一公布这个办法，宣布了各项指标，大家都说对着哩！

单干农民李荣义，原先谁叫他入社他都不入，我和他谈过几回，都没摸透他的心事。想不到，粮食"三定"把他的心底摸着了。原来他是怕入了社，公家把他的底子摸清了，怕增产多购得也多。粮食"三定"政策一公布，算是把他的心也定下来了。他已经表示，啥时扩大农业社，啥时要报名参加。这真是开心的钥匙。

经过这样的整顿以后，全国的粮食销量迅速恢复正常，"缺粮"的喊声显著减少。

中央正式确定"三定"政策

1955 年 8 月 25 日，周恩来签署《中华人民共和国国务院令》，命令内容如下：

《农村粮食统购统销暂行办法》已于 1955 年 8 月 5 日经国务院全体会议第十七次会议通过，现予发布，希认真贯彻执行。

《暂行办法》共包括七章四十一条，《暂行办法》明确规定：

粮食的定产、定购、定销，个体农民和互助组应以户为单位。农业生产合作社可以社为单位，也可以户为单位。以社为单位进行粮食定产、定购、定销的农业生产合作社，其具体办法应根据既能照顾农业生产合作社的发展，又能保证完成国家粮食统购任务的原则，由各省、自治区、直辖市人民委员会规定。

余粮户完成粮食交售任务后剩余的粮食，自足户因增产节约多余的粮食，都有权自由处理。可以自由存贮，可以自由使用，可以继续售给国家或合作社，可以在国家粮食市场进行交易，可以在农户间互通有无，都不加干涉。但禁止任何人以粮食进行投机。

《暂行办法》的出台，标志着统购统销政策正式以法规的形式被中央政府确立，这对于稳定统购统销政策和规范统购统销的实施具有重要作用。

在当时，北京某生产合作社在当年春季贯彻"三定"政策后，社员生产情绪高涨，产量定为9.85万公斤粮食，现在估计能产11万公斤。

《农村粮食统购统销暂行办法》公布后，这个社的会计任成恭说："我们现在还在开200亩的荒地来增产粮食，减少国家对我们的供应，让国家把更多的粮食运用到建设上去。"

贫困社员张立功说："实行了'三定'后，我一定带领全家好好干，争取为国家多献粮，保证不吃国家供应粮。"

1956年10月6日，为了适应农业合作化运动全面展开的新情况，国务院作出《关于农业生产合作社统购统销的规定》，该规定指出：

国家对农业社的粮食统购、统销数量，不论高级社或初级社，一般以社为单位，根据1955年分户、分社核定的粮食定产、定购、定销数字，统一计算和核定。

这样，国家不再跟农户发生直接的粮食关系。

国家在农村统购统销的户头，就由原来的一亿几千万农户简化为几十万个合作社。

这为加快粮食收购进度、简化购销手段、推行合同预购等带来了便利。

次年10月11日，国务院又发布了《关于粮食统购统销的补充规定》。

重申在坚持粮食"三定"的基础上，实行以丰补歉，保证国家正常的粮食收入，严格控制粮食的销售。

这样，粮食统购统销政策得到了进一步完善。

激发农民的劳动热情

1955年6月下旬,浙江杭县县委组织了三个工作组,分头在康桥、独城、义桥三个乡进行"三定"到户的试点工作。

这些乡都是有余粮的乡,共有1782户,上年国家在这些乡净征购入库粮140多万公斤,销售90多万公斤,国家净收进粮百万斤挂零。

统购时,由于对粮食统购统销政策宣传不够深入,对余缺粮户和留粮标准掌握不好,多购了部分农户的口粮,当年统销中这些乡曾一度呈现紧张。

春天"三定"只贯彻到乡,余粮户还不知道自己应卖给国家多少。缺粮户也不知道国家供应他多少粮食。

这次"三定"到户以后,群众的思想疑虑打消了。独城乡俞嵩根说:"'三定'就是'四定',定产、定购、定销也定了心,毛主席知道我们的心思。"

余粮户夏莉说:"过去余粮户受气,'三定'后,我们余粮户变得光荣了。"

余粮户夏胜利高兴地说:"是啊,国家允许我们有点余粮,我们就放心了。如果没有余粮,我这一大家子10多口人,吃饭问题随时都会让人担心啊。"

缺粮户夏金松、李阿根说:"知道国家一年供应我们多少粮食，可以安心生产了。"

不少群众在讨论"三定"政策时，还自觉检讨了自己过去瞒产量、吵供应的错误。

"三定"结果，国家征购数比去年少55万多公斤，同时也合理压缩了销量，比去年少销75万多公斤，两项相抵，国家比去年多收进了20多万公斤粮。这样就去掉了购销中的虚假现象。

群众对自己应该征购的粮食数目摸了底，生产情绪普遍高涨。他们说："三定"办法实行后，农村中有"两变、三光"，即"荒田要变良田、坏田要变好田，粪坑清光、河泥捻光、白田种光"。

据不完全统计，3个乡在三定到户后，扩种甘薯34亩，其他杂粮115亩，晚稻81亩，捻河泥的船天天增加。

独城乡五选区俞清田互助组，晚上开会到11时，会后还去捻河泥，他们说："有了'三定'，我们觉也不想睡了。"

这个选区原有一个互助组，现已增加到5个。

乡村工作人员的积极性也大大地提高了，康桥乡长说："'三定'到户后，领导群众生产好办多了。"

粮食"三定"政策是完全符合广大农村群众的迫切要求的，对农村各项工作的推动作用是很大的。

"三定"到户后农村的某些紧张空气大大缓和了，农民摸到了购销的底，消除了"增产增购"、"余粮不光荣"等思想顾虑，生产积极性提高了，党同群众的关系也大大改善了。

康桥乡三选区原来有 30 多户人家过去开会不到，见工作人员不理睬，"三定"到户后，见到工作人员很和气，开会一户也不缺席。

正因为"三定"到户是群众的迫切要求，群众积极主动协助政府贯彻政策。

义桥乡有一个落后村，村干部对"三定"到户不够积极，群众就自己到乡政府去要求帮助他们搞"三定"。

独城乡二选区，在"三定"政策宣传的第二天，不少农民增种甘薯晚稻。

"三定"到户是个广泛的群众性的工作，深入宣传政策发动群众是做好这一工作的关键。

这些乡的具体做法如下：第一步，进行政策教育，统一思想认识。根据本乡的具体情况，支部领导党员总结粮食统购统销工作，肯定成绩，检查缺点，通过批评和自我批评，端正思想认识和工作态度，研究如何把"三定"到户工作搞好。

与此同时训练好业务人员，做好评产、计算等各项准备工作。

第二步，通过乡人民代表大会和各种群众会议，广泛宣传政策、交代政策，确定全乡和各村的平均产量、征购任务和工作计划，通过群众讨论，登记核实各户的种植面积、实有人口、牲畜头数等，然后定出"三定"初步方案。

第三步，发动群众、民主评议"三定"草案。在进行评议之前，必须在群众中反复说明定产、定购、定销的根据，口粮、种子、饲料是怎样留的，再着重讲明余粮可以自由处理。

一般只要方案大体接近实际，工作人员本身产量正确，即会得到大多数人的拥护。

群众真正发动起来了，他们就能很好评议，把产量低的提起来。独城乡四选区工作人员去年都是缺粮户，当年根据生产情况，都被群众评为余粮户，群众反映说："干部民主了，实事求是，我们也就好办了。"

第四步，总结"三定"工作，动员群众开展增产节约运动。在草案公布以后，深入了解群众的反映，普遍进行一次检查，纠正偏差和缺点，处理遗留问题。

分别召开余、缺粮户会议，教育余粮户要努力生产，保证任务完成；教育缺粮户，根据节约原则，先吃自己的，后吃国家的。并宣布产购三年不变，统销一年一定的政策。

接着，组织动员群众开展增产节约运动，力争超过生产计划指标。

"三定"到户是一件细致复杂的工作，教育乡村工作人员正确贯彻政策，是十分重要的。

这三个乡工作开始时，乡的工作人员普遍有畏难情绪。

然而，经过认真宣传教育，很快群众情绪高涨起来了，乡镇工作人员也放心了。

与此同时，在"三定"政策的影响下，全国农民个个劳动激情高涨，开山、开荒，昼夜不停。

仅 1955 年春天，黑龙江牡丹江的一个村庄就开垦出 600 多亩荒地。

在开荒时，春季的东北依然很冷，凛冽的寒风吹裂了很多农民的双手，农民们高兴地说："实行'三定'后，我们的干劲都很足，虽然手背冻开了花，可我们心里更是乐开了花！"

"三定"满足了农民的需求，激发了农民的劳动激情，更有力地促进了中国农业的快速发展。

及时纠正新政策实施过程中的问题

1955年,中央决定在统购统销中执行"三定"后,全国的"三定"工作顺利展开。

在当时,河南省汤阴县韩庄乡的粮食"三定"到户的试点工作,是在6月下旬完成的。

韩庄乡全乡共有501户。当年粮食统购任务是5.8万公斤,比去年减少27.5%;粮食统销指标是3.15万公斤,比去年减少49.1%。

由于在"三定"工作中认真地贯彻了购销结合的原则,消除了粮食购销中的虚假现象,提高了广大农民的社会主义觉悟,夏收以后,农民们以高度的热情把余粮卖给国家,全乡有80多户农民超额售出了余粮1.05万多公斤。

在"三定"工作开始前,韩庄乡的许多党员和工作人员对粮食"三定"的重要意义认识不足,企图简单从事,减少粮食工作中的政治工作分量。

北张贾村一个党员说:"有了政策,按政策定,定到哪儿算哪儿。"

很多工作人员在定产、定购之后,不愿意对余粮户和缺粮户逐户地进行审查核实工作。

党员张崇得说:"咋说统销也比统购省劲,搞统销不用像搞统购那样费唇舌了。"

有的工作人员说："算算账就可以完成了。"

这些错误思想妨碍了"三定"到户工作的进行。

因此，乡支部在向党员和工作人员进行教育时，着重总结了上一年重购轻销的教训。

上一年，由于有不少工作人员忽视逐户进行审查核实，结果余粮和缺粮的界限划不清，给统购统销工作带来了严重的损害。

当时，灯塔农业生产合作社中有13户社员卖了"过头粮"；而同时，全乡又有40多户个体农民少卖了将近5000公斤粮食。

在统销方面，全乡向90多户农民多供应了5000多公斤粮食；同时又有十来户真正的缺粮户没有买到足够的口粮。

到了当年春天，那些不缺粮的人也说"缺粮"，光是北张贾一个村就有80多户说没有粮食吃。

很多社员抱怨道："多的吃不了，少的饿死了。"

甚至还有人说："统购统销就是让大部分胆小的人把粮食都交上去，让小部分胆大的发财。"

很多人也附和道统购统销是"撑死胆大的，饿死胆小的"。

全乡还有30多户农业合作社社员也以"社里扣得紧，吃粮食没有社外自由"为理由，要求退社。

通过乡政府的宣传和教育，全乡党员和工作人员体会到，搞不好粮食统购统销工作，不仅影响党同农民的关系，而且影响农业合作化事业的发展。

党员张守义说："以前我认为今年定产、定购，缺粮户由国家供应，只要定好产就行了。可是仔细回想起去年马虎从事的做法曾经造成国家少购多销、群众不满的后果，今年一定要慎重搞好购销结合的工作才行。"

在端正党员和工作人员对粮食统购统销工作的认识的基础上，乡政府还要把粮食"三定"的各项具体内容和做法交代清楚。

其中，划清余粮缺粮界限，尤为重要。在进行这一工作时，乡支部和乡粮食委员会特别注意加强对计购员的思想领导和技术监督工作，及时纠正计购中那种"四舍五入、分厘不计、丢零舍尾"的粗糙做法。

在开展工作之外，必须让计购员澄清两个情况：一个是夏秋两季作物的播种面积，一个是各户实有的必须扣除免购点的人口和扣除饲料的牲畜数字。

全乡前两次初步调查时，各村少报麦地180亩，多报菜地110亩；有31户把在外人口报成在家人口，多报人口36人，多报牲口1头。

经过第三次审查，才最后弄清了情况，订正了这些不实的部分。

在"三定"过程中，乡支部为了深入发动群众，曾分别召开贫农座谈会、中农座谈会，反复宣传粮食"三定"政策，说明定产方法和计购、计销的方法，同时进行节约粮食的教育。

北张贾村还对缺粮农民个别地进行了教育。这个村的缺粮农民张文景按照自己的粮食产量计算，夏季该供应他150公斤粮食，但是他帮助亲戚种地，分了50公斤粮食，他却隐瞒不谈，说非供应他150公斤粮食不行。

同他谈话时，乡长张凤山了解到他的顾虑是怕评议中减头去尾，怕供应不及时，影响家庭生活。

针对张文景这种思想，张凤山向他解释政策，最后张文景表示应该实事求是地报缺粮数字。

张文景还算了一个账："给人家种地分了100斤粮食，自己的小麦田还超产了30来斤，再注意节约，夏季供应140多斤粮食就够吃了。"

经过这样深入的调查和思想教育，根据各缺粮户的人口大小、生活习惯、夏季实际收粮数字，按户分类，做出了评销方案，把定销数字初步核定到户。

贯彻定产、定购三年不变的政策，确实鼓励了广大农民的生产积极性。

但是，有些缺粮农民还是怕统销量过低，担心分季评销、分期供应不及时。

因此，就必须让缺粮农民知道：一次计销、分季评销是为了使粮食供应更加符合缺粮户的实际需要，是为了消灭统销中的虚假现象，减少国家粮食的浪费。

同时，也必须教育缺粮农民有计划地安排家务，精打细算，节约粮食，缺多少，说多少，不虚报缺粮数，不多买国家的粮食。

当缺粮农民理解到定销办法对他们的好处后，他们的顾虑就消除了。

北张贾村贫农张福德说："按说全年该供应我180斤粮食，麦季供应我80斤粮食。我家8口人，有4个小孩，吃得较少，稍节约一点，麦季就可以不要供应了。把买这些粮食的钱省下用来买百十斤肥料，上三四亩地，每亩地至少能增产二三十斤。"

在深入贯彻政策的基础上，支部再一次逐户审查了粮食委员会的购销方案，然后再把这个方案交乡人民代表大会会议复核。

各户购销数字确定后，再召开积极分子会议，讨论乡人民代表大会会议通过的购销方案，最后召开全体农民会议，向群众公布这个方案，并发动大家审查，最后再根据群众的意见，加以修正。

在群众审查评议过程中，大家提出了不少意见，对"三定"工作有很大帮助。

经过自上而下和自下而上的反复审核后，余粮户和缺粮户都很满意，普遍认为：经大家民主讨论，定得合理，购得实际，销得公道；不像去年只由几个工作人员画画圈圈，最后叫谁卖多少就得卖多少，供应给谁多少就是多少。

他们得出的结论是：今年是工作办法好，工作人员作风也正派了。

在"三定"以后,全乡余粮农民把90%的出售余粮的款,购买了6万公斤化学肥料和饼肥施在秋田上。

春季要求退社的那30多户社员再也不要求退社了;还有80多户农民要求入社。

乡支部委员会根据这一新的情况,准备在秋后大力发展农业合作社。

与河南韩庄乡情况类似,"三定"在执行过程中,虽然获得了广大农民的热烈支持,但也暴露了一些这样那样的问题。

面对各种问题,各地政府根据当地情况,及时采取有力措施,保证了"三定"的顺利实施。

各地政府领导对破坏分子的斗争

1955年夏初，随着中央"三定"的实施，各地统购统销进展迅速。

然而，在整顿粮食统销工作当中，也出现不少地主、富农、反革命分子破坏粮食统购统销政策的事实。

并且由于这些坏分子的破坏活动，造成当年春季粮食供应紧张。

根据各地方报纸所揭发的材料，地主、富农、反革命分子破坏粮食政策的活动是多方面的。

制造缺粮紧张空气、煽动农民向政府闹供应，是地主、富农、反革命分子破坏国家粮食政策的一个方面。

湖北省谷城县傅湾乡富农黄先洪在当年统销工作开始以后，就有计划地进行破坏。

黄先洪首先吵嚷粮食不够吃，每天向乡工作人员闹供应，同时还煽动别人去闹供应。他对双埫农业合作社社员朱朝主说："你现在还不搞点粮票，人家搞完了，你会饿死哩！"

受到鼓动后，朱朝主也学黄先洪每天去向政府吵要粮票。

农民周学让因不缺粮要不到粮票，对政府有些不满，黄先洪就去调唆："你要也要不到，我总是吃不完，送你点算了，不过以后要听我的。"

黄先洪每天还利用坐茶馆、送纸烟、开茶钱等手段引诱农民，鼓动他们去闹供应。

在黄先洪的调唆拉拢下，这个村闹供应的农民由两户很快增加到32户，而这32户实际上都不缺粮。

安徽省潜山县模范乡坏分子刘林，公开在群众大会上煽动群众说："全乡有几百户要求供应了，他们要我们也要，谁不要就是统购不彻底。大家都去要，政府不供应就不行。"

许多农民在刘林的煽动下，怕说卖余粮不彻底，都故意说缺粮。

卖粮积极分子谢云青怕受讽刺受孤立，就赌气每天多吃半升米，也跟着说缺粮。

抢购套购国家粮食，进行投机倒把，是地主、富农结合奸商破坏粮食政策的另一个方面。

在内蒙古赤峰市郎家营子村，一户地主、两户富农拉拢部分农民暗中做粮食投机买卖，几个月当中，即买卖粮食4.75万多公斤，从中得利500多元。

湖北省汉川县第六区分水镇奸商刘香中，在当年2到4月间，往来于灾区、非灾区，勾结当地地主、富农，进行粮食投机买卖。

到非灾区，刘香中就欺骗当地农民说："我们是灾区农业生产合作社的人。政府供应粮食太少了，不够吃。请你们发挥一点阶级友爱的精神，匀一点粮食给我们吃。"

不少农民上了刘香中的当,先后卖给他大米132.5公斤,豆皮子224公斤。

刘香中得到这些粮食后,一转手就以高价卖给灾区的农民和渔民。

就是在粮食统销工作经过整顿以后,这些不法分子对粮食的投机倒把也还没有停止,他们的活动只不过是更加隐蔽了。

河北省仅平泉一县,最近就发现有组织的粮贩集团3起,往来于承德、凌源、宁城等地进行粮食投机买卖。

为了达到抢购套购国家粮食的目的,地主、富农、反革命分子采用了各种各样的手法。

一种手法是装穷叫苦、大喊缺粮。热河省承德县八区东营子村有个叫王金和的坏分子,去年刚购过粮,他就在村里吵嚷:"今年购粮购过火了,把我的口粮都购去了。"

1955年2月,他就一次又一次地找当地政府要求供应粮食。

他母亲也到村长家哭着说:"我家连一点点粮食都没有啦,政府再不供应,一家大小都得饿死啦!"

到种地时,王金和喊缺粮更凶了,说政府若不供应粮食,他就不种地了,到外边逃荒去。

有些天,响午也看不见他家烟囱冒烟了。他母亲一到吃饭的时候就抱着孩子挨家要饭吃。

一位姓王的工作人员想到他家去看看真相，一进门，正碰上他家在吃晚饭，一看，果然是没有粮食吃的样子。吃的是榆树钱和黄豆面蒸的饭，高粱楂粥稀得照得见人，一家到处摆的都是野菜。

　　王金和又眼泪汪汪地要求起来："王同志，您看见了吧，快点给我们想想办法吧，家里一点粮食也没有了。"

　　王同志看了这种情景，以为他家真是没粮食了，便同村工作人员商量给了他200公斤粮食的供应证。

　　然而，经群众揭发，原来这个王金和不仅不缺粮，而且私藏了大批粮食，他从去年春天起就偷偷地四处购粮。他总是白天把毛驴拉到僻静的山沟去放，半夜里把粮食运回来。

　　一年当中，王金和前后共运回各种米粮2500多公斤，加上去年他打粮2700多公斤，共偷藏粮食5000多公斤。

　　然而，去年秋天他只卖给国家750公斤，缴农业税500公斤，还剩4000多公斤。

　　按人口平均分配，每人一年有粮500多公斤。按农村人均一般消费量计算，他家每口人等于有3个多人的粮食，然而他装穷装得多么逼真！

　　在当时，还有另一种手法是骗取农民的购粮证或涂改购粮证，套购国家粮食。

　　贵州省贵筑县地主朱鸿益，1954年11月骗得农民朱桂清的购粮证一张，私自涂改为5匹马的牲畜购粮证，每匹马每天购玉米 4 公斤，自去年 11 月到当年 4 月，共套购玉米 600 多公斤。

这个朱鸿益不仅自己套购，还唆使 13 个农民涂改购粮证到贵阳市套购玉米，几个月当中套购了玉米 2.25 万多公斤。

再一种手法是用甜言蜜语、请客送礼等办法去引诱拉拢乡村工作人员骗取购粮证。

内蒙古乌丹县坏分子尹德学，请村长阎凤喜吃了一次饭，就骗得了一张 1200 公斤粮的购粮证。

为了进一步做好粮食统购统销工作，必须同这些坏分子做不懈的斗争。

于是，一场对各地破坏分子的斗争在全国展开了！

为了搞清各种违法情况，各地政府积极号召广大农民揭发检举各种破坏统购统销不法分子的行为。

很快各地政府了解到地主、富农、反革命分子的破坏活动，同国家的粮食政策是针锋相对的。

国家要统购余粮，掌握粮食，不法分子就把粮食囤积起来，而且把国家已经掌握到手的粮食套购了去。

国家要取缔粮食的自由市场，保持物价稳定，不法分子就同奸商结合搞粮食黑市，进行粮食投机倒把，抬高粮价。

国家要供应缺粮人民的粮食，不法分子就煽动非缺粮户向国家闹供应，使缺粮人民得不到供应而对党和政府不满。

这些破坏活动，绝不是个别的和偶然发生的现象，而是剥削阶级破坏社会主义改造的一种表现。

破坏分子的这种罪恶活动，虽然经过各地人民的揭发、各地政府的依法惩处，但在一个相当长的时期内还是不会停止的。

在进一步贯彻粮食政策的工作中，农村工作人员善于依靠群众，提高群众的觉悟程度，以随时揭发和打击一切坏分子的破坏活动。

掌握了情况后，各地政府及时打击了一批破坏统购统销政策的不法商贩，没收了他们的非法所得，人民法院还对几个罪大恶极的投机分子进行了公开宣判。

对参与和附和不法分子的，各地政府对其进行了思想教育，纠正了他们的错误认识，树立了对统购统销的正确认识。

大辩论使统购统销赢得民心

1957年夏天，河北沧县县委召开的县、区、乡、社干部大会上，展开了关于"粮食统购统销好不好"的大辩论。

在大辩论中，有个与会同志说："解放以前，沧县大多数的人是糠菜半年粮半年。粮食掌握在地主、富农和粮食商人手里。他们囤积居奇，操纵粮价。收获时粮价贱，青黄不接时一涨千丈，麦前借一斗粗粮，麦后还二斗小麦，秋前借一斗小麦，秋后还三斗粗粮。"

很多与会同志听了那位干部的话纷纷点头表示赞同，还有人附和着说："是啊，农民辛苦一年还不够还债的。遇到灾年更是没有庄稼人的活路。粮价一天八变，所谓'好马赶不上粮价涨'。很多人因吃不到粮食而逃荒、妻离子散，倾家荡产，甚至饿死路旁。"

当然，大家最忘不了的还是当时1942年张官屯乡的苦难经历。

1942年，张官屯乡大旱的时候，全乡有41户被迫卖掉儿女，31户夫妻痛哭离散，并有21人活活饿死了。

现在的生产队长李振林弟兄5个，在1942年就饿死了3个，而在那时地主的大黄狗则是肥肥的。

在讨论当中，人们越回想越伤心，对旧社会的仇恨，形成了一支不可阻挡的巨流，很多人止不住哭了。

李振林气愤地说："谁说统购统销不好，谁就没良心！谁反对统购统销，想让我们退到旧社会去，谁就是我们的对头，坚决和他干到底！"李振林擦了擦眼泪又说："我一辈子也忘不了共产党的恩情和统购统销的好处，要不是共产党领导实行了粮食统购统销，这一连遭灾，别说粮食，就连糠也吃不上，早就家破人亡了！"

大家一面回忆，一面算了这样一笔账：从1954年到现在，怎样度过灾荒的。沧县历史上多灾，年年产不足销。

从1954年实行了粮食统购统销以来，连续三年遭到洪涝水灾。

在困难的年月里，国家保证了供应，全县不仅没有发生饿死人的事件，且吃糠咽菜的也很少了。

想想从前，比比现在，广大干部和人民群众深深认识到了国家和群众是一条命、一条心。

很多干部议论：要不是国家实行统购统销，从丰收区取得了粮食，供应我们，像1954年和1956年那样的大灾，我们许多人家无论如何是过不来的。

1957年9月，湖北省约有7万名农村工作干部参加了社会主义教育的大辩论。

辩论的问题有：粮食统购统销、农业合作化、工农联盟和城乡关系问题。

辩论会是以县为单位、由中共各县委员会领导举行的。参加辩论的有县、区、乡和农业社的干部。各县辩论会的时间一般是一周左右。

在这一场热烈的争辩中，大多数人列举出无可辩驳的事实，肯定了农村的社会主义改造的伟大成就，同时也揭发了农村工作中一些缺点和错误。

在当时，应山县参加辩论会的1300多名干部中，大多数人拥护粮食统购统销政策，有部分人对统购统销有误解，只有极少数人提出一些谬论，企图否定这个政策的重大意义和成就。

许多干部驳斥了这些谬论，并指出新中国成立前粮食市场的情况是"大雪纷纷下，大米就涨价"。如今，国家掌握了粮食，粮价稳如泰山，余粮户留有充足的口粮，缺粮户保证供应。

在襄阳县的辩论会上，石堰乡个别干部也企图以口粮留得紧作为借口，有意拖欠夏季粮食统购任务，遭到了到会干部的批评。

各县干部辩论会结束后，接着将分批分片集训农村党员和共青团的骨干，进一步发动大鸣大放大辩论。

与湖北、河北一样，北京市郊区80多万农民正在经历一次深刻的社会主义教育。

当时，郊区的农业社已经普遍召开会议，发动群众大鸣大放。在进行较早的八个试点乡里，经过17天大鸣大放后，群众正在展开大辩论。

北京市郊区农村社会主义教育运动是8月中旬首先

在8个试点乡开始的。广大农民积极参加了这一运动,有90%左右的农户都参加了会议,70%的人发表了意见。

他们就农业合作化、统购统销、干部作风、肃反和遵守法制等问题,畅谈了自己的意见。

在已经开始辩论的8个乡中,辩论的焦点主要集中在农业合作化和统购统销问题上。

但是,也有少数上中农特别是过去经常雇工或搞商业投机的人,认为:"粮食不应当限量,应该随便吃,随便买。"

富裕农民万祥等人大叫大喊,说:"合作化糟得很,统购统销限死人。"

万祥的弟弟万萌说:"统购统销并没有使社员生活有所改善,我不认同统购统销。"

面对争议,党支部一面把这些言论全部登在黑板报上,标题写着:"谁是谁非大家来讨论;是好是坏算账便知详。"一面召开贫农代表会议,收集具体材料,组织辩论队伍。

经过充分酝酿,辩论展开了。

在辩论会上,许多农民道破了他的真实目的。

在批驳污蔑统购统销政策的言论中,许多农民用事实说明粮食统购统销后稳定了粮价,保证了农民的口粮,解决了农民的吃饭问题。

马池乡贫农丁梁氏说:"政府的粮食统购统销政策是治投机倒把的人。有了统购统销,谁想囤积粮食投机倒把都不成了。"

经过辩论，该社农民认识到本社土地较少，又是经济作物区，新中国成立后还是缺粮。去年就由国家供应粮食 3500 担，如果不是统购统销，按照粮食黑市每担 14 元计算，就要多付出 2.4 万多元。如果在新中国成立前，任由粮商抬价，那就更不得了。

于是，社员纷纷责问万祥兄弟："你们说统购统销限死人是什么用心？你们想做粮食投机买卖。"

万祥等人被驳得哑口无言，只得承认错误。

在通县也在进行着这样的辩论。

1957 年 11 月，在通县张家湾乡大高力庄民主社，在讨论怎样正确对待人民内部矛盾的问题的时候，老农王永瑞尖锐地提出了一个问题："统购统销什么都好，就是粮食留得太少不好。"

这个意见立即得到了八队队长马才等人的支持，有的说："每人每天一斤粮食还不够塞牙缝哩。"

有的嚷："农民的锅盖都焊上了，揭不开了。"

有的抱怨："农民没劲了，牲口饿瘦了，干活拉东西都打晃悠了。"

甚至有的提出："每人每天应增加半斤粮食，要不没法生产了。"

面对农民的意见，当地政府非常重视，这是一个带原则性的问题，粮食统购统销到底好不好？留粮到底够吃不够吃？改善生活的根本道路是什么？都需要从根本上加以澄清。

当地政府研究了大家的思想情况，认为这个问题最好由大家来对证，于是，确定用半天时间大家进行争辩。大家都同意这种做法。

辩论一开始，一些对粮食统购统销不满的人，都抱怨"留粮指标打得太紧"，说："过去农民肥得流油，现在农民饿了肚皮。"

马上有人追问："过去什么人肥得流油？"

有人说："少数地主、富农肥得流油，大多数农民瘦成一把骨头。咱村新中国成立前295户中，就有187户是贫农，他们过的不是'肥得流油'的日子，而是替地主、富农扛长活、做短工、累死累活'汗流浃背'的日子。现在，大伙都入了高级社，走上了集体富裕的道路，家家有吃有喝了，因为去年受了灾，生活有点紧就抱怨起政府来，这不是好了疮疤忘了疼是什么？"

农民刘文明说："就说马才吧，新中国成立前他穷得偷东西，地主、富农变着法地逮他，吓得他扔下老婆跑到天津，还给他老婆写信回来说，我没法子养活你，你改嫁吧。他老婆不肯，挟起木棍来到处讨饭吃，黑夜连个存身的窝窝也没有。新中国成立后，翻了身，今天还盖起了新房子，要不是共产党他哪有今天？可是他不听干部的劝告，请人盖房子一连管了好几天饭，把粮食浪费了，反倒回来埋怨政府供应粮食少了，粮食不够吃了，供应多少粮食能搁得住浪费呢？"

宋文藻说："说话总得前思后想，不能脑瓜子一热，上下嘴唇一对就说粮食统购统销政策不好。谁不知道咱们县早就是一个缺粮县，年年都依靠国家调入大批粮食。1954年调入了3548万斤，1955年调入了825万斤，去年调入了5560万斤。去年光咱一个村国家就供应了52万斤粮食，保证了大家吃粮。要是在新中国成立前，碰上这样的灾荒年，不是逃荒，就是饿死。刘福厚不就是在灾年逃荒到宣化去，饿死在那里吗？去年那么大灾，咱村没有一个逃荒的，更没有一个饿死的，这不是粮食统购统销的成绩是什么？"

大家都说："说得对。这是大实话。农民不是吃了粮食统购统销的亏，而是沾了粮食统购统销的大光了。"

这时候，王永瑞提出："每人每天一斤粮食到底够吃不够吃？"

有人说："我们整天拿八斤半的大锄耪地，没有二斤粮食哪够？"

六队老队长韩万才说："别看我60多岁了，你每天给我二斤玉米面，不掺菜，看我吃完吃不完？"

马上有人说："庄稼主过日子什么时候光啃过粮食不掺菜？"

有的说："够不够还得看怎么个吃法，省吃俭用，细水长流就够吃，有米一锅，有柴一灶就不够吃。"

有的说："这话说得对。就说洪学俊吧，他家8口人，成人少，孩子多，实行以人定量后，每人才平均23

斤,可是人家知道节省,一开头就掺吃代食品,现在还有50多斤存粮呢!"

王永瑞问:"咱村哪家不吃代食品?为什么家家都不够?"

管财粮的宋文藻说:"空口无凭,有账为证。从去年闹灾后咱全村只买了土豆1000斤,干白菜150斤。不要忘了咱村是328户呀!算算一家才合几斤?"

这一抖老底,引起了哄堂大笑。王永瑞光笑不言声了。

过了一会,王永瑞说:"嘿,说实话吧,我怕的是往后一年四季永远都是一斤,那庄稼主过日子还有什么盼头呢?"

有的说:"政府什么时候说过粮食供应指标永远是每天一斤?不是早讲过增产多了,留的粮食也就多了吗?"

有人举起《河北日报》说:"这不是登着抚宁县渤海社的事吗?人家那里去年增了产,每人留粮合530斤。"

有人说:"毛主席讲了,在几年内要使全体农民达到中农或中农以上的生活水平,还用得着担心永远是一斤吗?"

大家的眼光集中到王永瑞身上。可是,他却光笑不言声了。

与此同时,在江苏南京,有一个大学教师说:"新中国成立后生活水平提高的只有坐小汽车的党员干部。"

南京市郊区江东一社的农民们以亲身的经历驳斥了

这个谬论。

社员李新华说:"大家都记得,过去田是地主的,农民抓着稻把子肚子饱,丢了稻把子肚子饥,卖贱买贵,吃的苦受的气不知其数。新中国成立后,土地到了自己手上,1953年我单干时,收入700元,全乡数我最高。1954年办小社,收入800元。去年办了大社,收入了1008元。我们社里550户,家家是这样,怎么说农民生活没有改善呢?"

农民李宏亮说:"我们生活比过去好,我家过去年底也要背债,去年吃用到冬天,分了半年口粮,还分了400多块钱现金。今年青黄不接时,我们社员在信用社里还存了7000多块钱,怎么说改善生活的是少数人呢?过去我们农民都没有机会上学,新中国成立后农民翻了身,我的大儿子已经进了南京工学院。"

女社员李秀珍十分激动地说:"我李秀珍活了40多岁,到1954年办社才不背债。去年我家4个劳动力,收入1700元,全家添新衣、新被,从来没有过到这样的好日子。我看'只有干部提高了生活水平'这种话,是反映了有些人想剥削我们的心还没有死。"

社员余得炳谈到猪肉供应问题时说:"有人说猪肉都被干部吃掉了,农民不高兴养猪,这简直是胡说。我们这里过去不养猪,现在养1000多头。过春节的时候,550户社员到街上买的肉不算,单自己家里杀的猪就有120头。"

李秀珍说:"我们十一队18家过年杀了17头猪,我家现在还有火腿。"

许多社员在发言中,特别驳斥了统购统销搞糟了的说法。

农民余朝贵认为这种说法是挑拨党和农民关系的手法。他说:"过去买配给米,米价天天涨,一担黄瓜不够买二升米。青黄不接时,农民向囤粮的投机商人借一石稻加利一石。这些情况难道一个人民大学的教师都不知道吗?"

劳动模范李传中说:"对不法资本家来说,统购统销当然不好了,因为他们不好囤积了,不好剥削人了。"

李传中的话引来了大家的注意,很多人明白过来:是呀,是不法资本家没有了好处才开始叫嚣要抵制统购统销的呀!

听了大家的议论,李传中接着说:"现在稻子卖给国家七块二一担,买稻种还是七块二一担。国家供应的粮食,只有少数人口多的户紧一点,像我家每月还多20斤调剂给别人。我们农民认为统购统销好得很。"

李传中停了一下,略显激动地说:"我是一个中农,党把落后的农村,变成了社会主义的新农村,水稻单位面积产量由解放初期的180斤,增加到550斤,这是党做错了吗?蔬菜复种由一年两熟改为一年四五熟,是党做错了吗?如果共产党脱离人民群众,决不会做到这一步。怎么能说共产党搞统购统销不关心农民的死活呢?"

听了李传中的话，很多人高呼："我们坚决支持统购统销！"

"坚决抵制那些诋毁统购统销的不法分子！"

经过自由讨论和热烈争辩，问题基本上搞通了。大家都反映很好，情绪很高。

原来对粮食政策不满意的人说："你们为什么不早说？早把道理讲清楚，我们不会光钻牛角尖！"

经过辩论，许多人觉得头脑清醒、心明眼亮了，对统购统销更加支持了。

● 完善政策

农民对粮食政策有了新认识

1957年9月，安徽省各地农业社以粮食问题为中心的社会主义大辩论，已经形成高潮。

经过大辩论的地区，农村面貌焕然一新。

原来，全省夏粮征购，在大辩论以前的3个月内，仅完成了4.9亿公斤，占任务数的67.3%。

8月底，各地开展大辩论后，截至9月9日，全省夏粮征购已经完成了5.6亿公斤，占任务数的77%，不到10天时间就增加了近10%。

在此次大辩论中，瞒产行为受到了揭发和批判，广大干部和群众纷纷实报了产量。

在大辩论之时，首先开始的是干部的辩论，以此来提高干部的思想。

阜阳县委召开区、乡、社772人参加的三级扩干会议进行辩论。

根据会上反映出来的问题，辩论的中心内容是：粮食统购统销到底好不好？粮食产量比过去是提高了还是降低了？国家征购任务是否重？农民口粮标准是否低了？等等。

辩论的主要方法是摆事实，讲道理，回忆，算账，对比。如通过"新中国成立前荒年饿死人，现在受灾有粮吃不发愁"，"新中国成立前糠菜半年粮，现在夏季吃到秋后还有余粮，过年还可以吃好面"等等实例对比，具体地教育了干部，帮助干部澄清了一些糊涂观念和错误思想，分清了大是大非，鼓舞了搞好粮食工作的信心。

王仁区永昌社的干部在会上受到了教育，保证回去将1万多公斤余粮出售给国家。

然后，大辩论深入到落后社，有重点地开展辩论。

各地在社内开展关于粮食问题大辩论的时候，第一步是在党支部和工作组的领导下开展鸣放。

在鸣放中，人民看出贫农和绝大多数的下中农都是拥护粮食统购统销的，他们要求实行"以人分等定量"的办法。

舒城县北玉社贫农社员反映说："我们口粮够吃，不要提高了，但要定得合理。不能大人、小孩一样多。"

在开展辩论之前，少数上中农和地主、富农、反革命分子放出了不少反动谬论，妄图取消统购统销办法。

舒城县城北乡北玉社的解安元，就到处喊口粮不够吃，说："田埂也上不去了。"并进行煽动说："人急讲胡话、牛急压横耙，扣紧必炸，统购统销长不了。"

寿县水家湖区长岗乡淮新三社的上中农中有90%以上的户叫：口粮标准低。

桐城县有一个社主任说："不管你讲我资本主义还是本位主义，反正520斤不够吃，最少也得700斤。"

由于富裕农民的叫嚷，迷惑了少数乡、社干部，他们不加分析研究，盲目提出要减少征购任务。

鸣放之后，就展开了辩论。做法是依靠积极分子、贫农和绝大多数下中农，展开摆事实、说道理的大辩论。

辩论的中心问题是统购统销好不好？口粮标准低不低？

在"统购统销好不好"的辩论中，广大农民由远到近地摆出了大量事实，以理驳倒了富裕中农的叫嚣。

怀远县五岔社有一个贫农说："新中国成立前的世界不像个世界，粮价一天涨几回，有一次我到蚌埠卖了二担麦子，卖的价钱回到家一天只值二斗粮食钱了，过没几天，二担粮食的钱只能买二打火柴、一斤洋油了。新中国成立后要不是统购统销，粮价哪能有这样稳当，我看统购统销对哪个人都有好处。"

五河县淮河社贫农孙长弓说："你们这些反对统购统销的人没良心的，俺这里年年受灾，要是没有政府调来粮食吃，早就把你们饿死啦！"

寿县淮新社贫农金道登，在辩论会上针对金照启对统购统销不满而放出的谬论，进行反驳说："金照启是粮贩子，贩粮食时掺糠兑水都干过，一年要剥削到三四十担粮食，统购统销堵死了这条剥削路，他当然不满。"

通过辩论，绝大多数的社员都认为统购统销好。

在阜阳县东清社的辩论当中，参加辩论的1101名社员中，有1051人拥护统购统销，占95.5%。

在"口粮标准低不低"的辩论中，通过算细账的办法，具体地说明了标准不低而是年年有了增加，有力地驳斥了富裕中农"口粮不够吃"的叫嚣，也教育了干部和群众。

枞阳县长安社算了笔账：第一笔账是新中国成立后口粮年年有了增加。新中国成立前全社每人每年平均只有 203 公斤口粮。

新中国成立后逐年有了增长，到 1956 年，除完成国家征购任务外，每人每年平均已达到 320 公斤口粮。1957 年的口粮预计还要增加。

第二笔账是人口和牲畜的增加，扩大了食用量。说明新中国成立后几年来，由于政府大力支持，粮食增产很多，但口粮的留用量还不大宽裕的主要原因是人、畜增加的速度很快。

长安全社自 1953 年实行统购统销以来，仅 4 周岁以下的小孩就增加了 1508 人。

第三笔账是农民比工人、干部的口粮吃得多些，不是吃得少些。算细账结果证明：全年每个农民比工人平均要多吃 16 公斤米，比干部要多吃 35 公斤多米。

通过辩论，大家一致认为口粮标准不低，很多人表示说："现在比过去吃得多，还说不够吃，这是睁着眼睛说瞎话。"

在辩论的同时，还对一些粮食投机分子、对统购统销有破坏行为的分子进行了适当的说理斗争，打击了他们的嚣张气焰。

肥西县馆驿乡李河农业社对煽动闹口粮、不卖余粮、破坏统购统销的一个地主分子、一个反革命分子和富裕中农,在全社范围内开展了说理斗争和批判,打击了他们的叫嚣和破坏活动,帮助农民在粮食问题上进一步分清了大是大非。

斗争后该社有一个农民反映:"过去受了他们骗,跟在他们后面也瞎叫口粮不够吃,今后要站稳立场,不听他们的鬼话了。"

在经过辩论和斗争并取得胜利的基础上,安徽各地掀起预交预售秋粮的热潮。

在送粮中,具体安排好劳动力,做到了生产、送粮两不误。

对征购任务分配不当的,根据秋粮的实收情况作了调整;对群众一些合理的要求做了正确的处理,普遍宣传和贯彻了"以人分等定量"的办法,使粮食的征购工作做得更加合理。

经过辩论,安徽人民群众的觉悟获得了很大的提高,农民面貌发生了很大的变化。

在安徽阜阳县委召开的区、乡、社三级扩干会议上,有59个乡281个社的干部报出了200万公斤瞒产粮。

枞阳县长安社17个小队报实了产量,共报出2.5万多公斤瞒产粮。

节约粮食的风气也有了进步。在当时,繁昌县新民社四个队的调查,原来有25%的户浪费了一些粮食。

经过辩论后，他们都做了计划，节约用粮，不向政府多要粮食了。

芜湖县荆西社，大辩论以后，大部分群众由原来一天三顿干饭，改为一天吃两干一稀或一干两稀，他们纷纷表示要多节省粮食好上缴国家。

与此同时，经过 1957 年的大辩论，各地农民对统购统销政策也有了新的认识，纷纷表示积极支持多交粮食给国家，在生活中多节约粮食，绝不隐瞒粮食产量。

正式结束统购统销政策

1985年1月1日,中共中央、国务院颁发了《关于进一步活跃农村经济的十项政策》。

在该文件中,中央决定从当年起,国家不再向农民下达农产品统购派购任务,按照不同情况,分别实行合同定购和市场收购,至此持续了32年之久的统购统销政策正式结束。

对广大农民来说,统购统销的实施解决了粮食不足的问题,保证了一人有一份口粮,保证了粮食的基本供应,也就保证了边疆的稳定,稳定了人心,对巩固新生的人民政权产生了极其重要的作用。

首先,统购统销使国家掌握了粮源,缓和了粮食的产需矛盾。

1953年实行粮食统购统销后,立即扭转了粮食市场上国家购少销多的局面。

到了1954年末,国家全年粮食征购量比上年增加近30%,超过历年征购粮食的最高水平。

在其后4年中,国家的粮食征购计划得以顺利完成,做到了粮食收支平衡,并有结余。

粮食是中国国民经济综合平衡的主要物资。国家粮食收支平衡,并有结余,这就在一个极为重要的方面保证了国民经济的稳定发展，对于中国第一个五年经济建设计划的胜利实施，起到了极为重要的作用。

同时，统购统销有效地保证了社会各方面正常的粮食需要。

开展粮食统购统销工作的主要目的，就是要搞好粮食的分配，处理好国家与农民的关系以及国家与消费者的关系。

在人均占有粮食水平低、产需矛盾和供求矛盾比较尖锐的情况下，对粮食分配做到基本合理，以保证社会各方面对粮食的正常需要，是至关紧要的。

在实行统购统销期间，从总的说来，由于采取统筹兼顾、适当安排的方针，既照顾了国家的需要，又照顾了农民的需要，既照顾了城市和工矿区等方面的需要，又照顾了农村缺粮户及经济作物区和渔民、盐民的需要，既照顾了消费者的利益，又照顾了生产者的利益，使全社会的人民群众都获得了益处。

在"一五"计划期间，国家从农村征购的粮食中，90%以上用于供应城乡缺粮群众的粮食需求，是取之于民而用之于民的。

在出现严重的自然灾害，或者国民经济遇到严重困难和挫折的时候，粮食统购统销在保证人民粮食需要和保证社会稳定方面的作用，就显得更加突出。

1954至1956年，是中国近百年来最大的灾年之一，国家通过粮食的统一调度，运给灾区大批粮食，保证了人民生活用粮和生产用粮的供应。

仅1956年,国家供应受灾地区人民的粮食就有60亿公斤左右。如果按每人每天需要0.5公斤粮食计算,可以供应1亿人口吃4个月,或者供应7000万人吃6个月。

这些粮食大部分是从其他省份调给灾区的。当时遭受严重自然灾害的河北省,就吃到了24个省调去的粮食。

这样的大灾年,由于国家对灾区保证了必需的粮食供应,广大灾民得以顺利渡过灾荒,恢复生产,重建家园。

灾区人民感激地说:"百年未有的大灾荒,千年未遇的好政府。如果不实行粮食统购统销,哪有这样的好光景!"

很多农民为此激动地流下了泪水,老农民武怀礼流着泪说:"感谢共产党,感谢统购统销啊,要不是统购统销,今年我们全家又要去逃荒啊!"

武怀礼的老伴武江氏更是激动万分:"我的一个小儿子就是在1948年那个荒年饿死的呀,如果早实行统购统销,我的小儿子今年就20岁了。"

1959到1961年,在国民经济遇到严重困难的时期,如果没有粮食统购统销、统一调度这样比较严密的分配管理制度,人民生活最低限度的粮食需要也将难以保证,市场物价势必出现更为混乱的局面。

十年动乱期间，国民经济受到严重破坏，遭到巨大损失。在这种情况下，也正是由于坚持了统购统销政策，才使粮食这个阵地得以稳住，没有出现大的问题。

与此同时，统购统销对于扩大积累，推动我国工业化的起步，起到了重要的作用。

通过统购统销，扩大了工农业产品的"剪刀差"，加速了工业化资金的积累。

新中国成立之初，我们党就提出了缩小旧社会遗留下来的工农业产品价格"剪刀差"问题。

1956年，毛泽东和刘少奇都明确表示：不赞成效法外国通过价格机制剥夺农民的那一套。

从1953年到1985年的32年中间，粮食统购价格也多次有所提高。其中主要的两次，1961年提价25%，1979年统购部分提价20%。但是，剪刀差还在一定程度上存在。

因此，统购统销实际上起到了通过扩大工农业产品"剪刀差"，加速工业化积累的作用。

同时，统购统销也保证了在农业遭受自然灾害时，作为工业原材料的部分农产品的及时供应。

除此之外，统购统销在保持物价长期稳定、促进资本主义工商业的社会主义改造等各方面也都起到了很大的作用。

当然，在执行统购统销政策的过程中，也存在着统得过死的缺点。

在党的十一届三中全会以后，特别是 1985 年以后，我们党对统购统销的体制进行了改革，开始探索粮食管理的新体制。

实行 32 年的统购统销结束了，它的贡献无疑是巨大的。

粮食统购统销的实施，在相当一段历史时期内有力地保证了市场物价的稳定，保障了社会主义建设和人民生活的基本需要，特别在 50 年代初期，对国家政治、经济、社会发展产生了极其重要的作用。

本书主要参考资料

《国史全鉴》本书编委会编 团结出版社

《共和国五十年珍贵档案》中央档案馆编 中国档案出版社

《共和国经济风云》赵士刚主编 经济管理出版社

《统购统销好处说不完》河北粮食厅编 河北人民出版

《陈云传》金冲及 陈群主编 中央文献出版社

《华夏金秋》柏福临主编 吉林大学出版社

《中国现代史资料选辑》彭明主编 中国人民大学出版社

《共和国开国岁月》张国星 何明著 中共党史出版社

《风云七十年》郭德宏主编 解放军文艺出版社

《革命与乡村：国家、省、县与粮食统购统销制度》田锡全著 上海社会科学院出版社

《票证年代：统购统销史》罗平汉著 福建人民出版社

《中南海三代领导集体与共和国经济实录》王瑞璞主编 中国经济出版社

《若干重大决策与事件的回顾》薄一波著 中共中央党校出版社

《共和国经济风云中的陈云》孙业礼 熊亮华著 中央文献出版社